悪の戴冠式

森村誠一

集英社文庫

目次

悪の戴冠式

置き忘れられた殺人

1

銀行を出ると緊張した。小脇にかかえた鞄（かばん）には二千万円の大金が入っている。細川澄枝（すみえ）は改めてその鞄をしっかりとかかえ直した。それには澄枝の勤め先の従業員約七十人分の夏期のボーナスが入っている。それは吹けば飛ぶような中小企業に働く者のこの半年の汗と脂の〝結晶〟である。細川澄枝が勤めている「ササキ商会」は、終戦後進駐軍の事務機械の修理から始まり、進駐軍から放出された中古事務機やタイプライターの販売によって徐々に伸長し、西独の電気計算機の輸入代理店となって基礎を固めた。

その後いろいろと紆余曲折（うよきょくせつ）はあったものの、修理から発足した技術と手堅い経営には定評があり小粒ながら業界や金融機関に信用がある。

現在は固定客のニーズに対応して情報機器の多様化を図っている。

かつては中小企業が犇き合っていたこの業界にも大企業が割り込んできた。彼らの市場性を重視した強引な拡大戦略に圧迫されて、在来の多くの中小企業が倒産に追い込まれた。

その中でササキ商会がとにかく今日まで生き残ってこられたのも、頑固なまでの堅実経営のおかげである。

大企業は飽くことなくスケールメリットを追求するが、多品種少量生産機種は苦手である。ササキ商会は、中古屋、修理屋と蔑まれながらも己の分を守り、「大企業が食指を動かさない分野」に頑なに固執してきた。

そのおかげで、決して多くはないまでも、この全般的不況の中で平均年齢二十九歳、約二十八万六千円の夏期ボーナスを支給できるのである。

ササキ商会では、ボーナスの実感をあたえるために、銀行振込みにせず、社長が社員に一人一人手ずから渡すようにしている。それが社長と社員のスキンシップにもなるのである。

細川澄枝は、ササキ商会の経理課員であり、社員のボーナスを銀行から運んで来る大任を命じられた。いつもは古参の堀口久子が銀行への使いに行っているのであるが、今日は生憎急に熱を発したとかで欠勤したので、澄枝が代理で行くことになったのである。

それを命じた経理課長は往復必ずタクシーを使うようにと指示しただけであった。大任にはちがいないが、経理課員が現金を持ち運ぶのは珍しいことでもないので、それほど深刻に考えてはいなかったようである。もっと大金を運ぶこともある。だが澄枝がこんな大金を託されたのは、初めてである。

銀行を出ると、澄枝はタクシーを探した。通行人がすべて彼女の鞄を狙っているような気がした。いまにも引ったくられそうな気がしてしっかりかかえ込んでから、そんな態度はかえって大金をもっているぞと広告していることに気がついて、さりげなく鞄を下げるのだが再び心配になってかかえ込む。

そんな動作を銀行を出てから何度も繰り返している。早く車に乗らなければと焦るのだが、なかなか「よい」車が来ない。空車が来ないのではなく、信頼できそうな運転手の操る車が来ないのである。

どの運転手も、人相が悪く、乗車した途端に〝雲助（くもすけ）〟に居直るような気がする。

よさそうな「個人」が来たとおもうと、先客が乗っていた。ようやく適当なところで妥協して、車に乗り込んだ。ホッとして、運転手が「どちらまで」と聞いた声も、耳に入らない。尋ね直されて、ふっと会社の所在地を告げた。

「どこか具合でも悪いのかね。顔色が悪いよ」

走り出してしばらくして、運転手が声をかけた。バックミラーから澄枝の様子をじっと観察していたらしい。

「いえ、な、なんでもありません」

澄枝は慌てて表情を造った。運転手に不審を抱かれるほど緊張していたのである。

「その鞄、邪魔そうだね。こちらへおいたらどうかね」

運転手は親切に言ってくれたらしいが、澄枝はギクリとした。

「と、とんでもない！　いえ、こ、こちらで結構ですから」

答えた声が不自然にうわずった。

「なんか、えらい大切なもんのようだねえ」

運転手の声が好奇心を盛り込んだようである。バックミラーの中で二人の目が合った。中年の運転手の目が詮索の光を帯びている。

「いえ、大したものじゃありません」

澄枝は反射的に言った。運転手に要らざる好奇心を起こさせてはまずいとおもった。幸い運転手は深く詮索することもなく、運転に注意を戻した。だが、それがかえって澄枝の不安を促した。

運転手は鞄の中身を知っているのではないのか。知っていて、それを強奪する機会をうかがっているのではなかろうか。

澄枝の不安は膨張して運転手がいまにも牙を剝き出すのではないかとおもった。澄枝はバックミラーの死角の中で咄嗟に金包みを鞄の中から取り出した。二千万円の現金は、一束百万円ずつ二十の札束として風呂敷に包んである。

札束の風呂敷包みを運転手に悟られないように鞄から抜き出すと、空になった鞄を、赤信号の停止時に、

「運転手さん、やっぱり邪魔なので、そちらへおいてもらいますわ」

と言って前部座席の背もたれ越しに差し出した。

「どうぞ」

運転手の関心はすでになくなっているようであった。運転手の関心を逸らしたので、澄枝はいくらかホッとした。

余裕の生じた心で、恋人の夏目忠彦とこの夏休みに行く予定になっている南の離島への旅行を想った。交際を始めてからすでに半年経つ。まだ言葉に出して約束したわけではないが、たがいに結婚してもよいと考えている。

これまでプラトニックな関係を保ってきたが、今度の旅行では、それに一つの区切り点を打たなければなるまい。男女が数日間の旅行に出かけることを合意するのは、それ相応の了解を含んでいる。

澄枝は、いつの間にか頰を熱くしていた。耳の根元がうすく紅潮しているようである。幸いに運転手には悟られなかったようであった。

車が徐行して、澄枝ははっと我にかえった。

「へい、お待ちどお様」

運転手は愛想よく言った。〝雲助〟とは、彼女の大変失礼なおもいすごしであったようである。

料金を支払い、鞄を手に下げて車から下り立った後もしばらく夏目との〝想像旅行〟の余韻が尾を引いている。

社屋の前まで来たとき、いきなり後頭部を殴られたようなショックが走った。一瞬なにが起きたのかわからなかった。わかっているのは、自分が致命的な失策を犯したということである。あまりに重大な失策であるために、その詳細を認識することを心が拒否しているのである。崖縁に立って深い谷底を覗くのを拒むような自衛の本能が働いている。

「待って！」

澄枝は街路に立って叫んだ。通行人の視線を集めた。だがそのときは彼女を下ろしたタクシーははるか遠方に去っていた。もはやナンバープレートも所属会社名も読み取れない。

澄枝はタクシーを追って走った。走ったところで追いつけるはずがない。

澄枝は街路に立ったまま泣きだした。人目も憚らず泣いている若い女に通行人が寄って来た。

「お嬢さん、どうしたのですか」

通行人が問いかけたが、彼女はただ泣くばかりである。ちょうど、社屋のそばだったので、会社の仲間が騒ぎを聞きつけて出て来た。

「細川さん、一体どうしたんだ」

「とられちゃったのよ」

同僚の顔に、澄枝はますます激しく泣きじゃくった。

「とられたって何をとられたの」

同僚は泣きじゃくる澄枝をなだめて事情を聞いた。ことの顚末を知らされると、今度は同僚の方が青くなった。

ともかく会社の中に連れ帰って改めて事情を詳しく聞き出す。それはとられたのではなくタクシーの中に置き忘れたのだと判明した。だが澄枝はタクシー会社と運転手の名前を憶えていない。なにはともあれ警察へ届け出た。

「とにかく二千万円の大金が置き忘れられていたなら、次に乗った客が発見して届け出るとおもう」という経理課長の楽観的意見にすがらざるを得なかった。

平穏無事のときはよいが、いったん事故が発生すると、澄枝のような若い女一人に全社員のボーナスを運ばせた経理課長の責任も問題にされる。課長の首もかかっていた。

「後から乗って来た客がネコババするようなことはないだろうか」

課長の首に当てられたギロチンの綱を引くような意見が出た。

「運転手の目があるよ」

「運転手に悟られないようにネコババできるだろう」

首は依然としてギロチンにかけられていた。こうなっては運転手と次の乗客の正直さに賭ける以外になかった。

都内には約五万台のタクシーが走っている。この中二万台が個人タクシーである。澄枝が乗ったのは「個人」でなかったことがはっきりしているから、残りの三万台の法人タクシーの一台ということになる。「三万台の中の一台」である。

運転手の数はもっと増える。「法人」では一台に付き平均二・五人の運転手が雇われているというから、澄枝を乗せた運転手は七万五千人中の一人という勘定になる。

数から探すことを考えると絶望的になるので、運転手の正直心に頼らざるを得ない。それとても乗客が不正直であれば万事休すであった。

ササキ商会で急遽社長以下幹部たちが集まって対策を協議した。対策といってもとりあえず待つ以外に方策がない。

社員には事故の発生を伝えてボーナスの支給が、一、二日遅れることの了解を得た。事故が、社員の一人の不注意によって発生したものなので苦情を唱える者はいなかった。

取引銀行に事情を訴え、とりあえずボーナス相当分の融資をうけられることになった。

これも日頃積み重ねてきた信用のおかげである。だが二千万円が戻って来ないと、中小企業だけに今後の資金繰りに深刻に影響してくるのは明らかである。

細川澄枝、経理課長、社長をはじめ、ササキ商会の全社員は祈るような気持で正直運転手の届け出を待っていた。

2

三人の男たちは荒(すさ)んでいた。いずれも二十代後半から三十を出ても精々一、二歳というところである。ジャンパーにジーンズや、よれよれの上着に膝の出たズボン、シャツの襟は汚れ、袖口はすり切れている。顔色は悪く、眼(め)の色が険しかった。表情や顔つきが荒れていただけでなく、心まで荒廃していた。

彼らはたがいに名前を知らなかった。

後楽園の場外馬券売場で何度か顔を合わすうちに、いつとなく言葉を交わすようになった。その日は競馬もやっていなかった。どこにも行き場所がなく、後楽園にやって来て不景気な顔をして遊園地の中をほっつき歩いているうちに、場外馬券場の〝常連〟の顔をたがいに見出(みいだ)したのである。

「やあ」と会釈してなんとなく一緒になった。彼らの前で家族連れやアベックが楽しげに遊んでいる。眼前の風景であるが、彼らとは別の次元の世界であった。

　三人には場外馬券売場の常連というほかにもう一つ共通項があった。それは彼らがアブレているということである。なけなしの持ち金をはたいてはずれ馬券ばかり買っている。一攫千金（いっかくせんきん）の夢だけが大きくて、いつも穴場に金を吸い取られている。

　後楽園の競輪場はとうに廃止されており、また今日はどこにも競馬がないと知りつつも、ここへ来るのは〝一発亡者〟の習性である。まともに働こうとしないで、いまに一発当てて世の中を見返してやる。そんな見果てぬ夢を追って世の中からはみ出している。はみ出し者同士がなんとなく寄り合ったのである。

　彼らは腹がへっていた。だが彼らには、まともな食事のできる金もなかった。彼らの一人が、新宿へ行けば、ツケのきく店があると言った。三人の有り金をかき集めると、辛うじて新宿までのタクシー代になりそうであった。

　ちょうどそこへ一台の空車が通り合わせた。彼らは躊躇（ちゅうちょ）なくそのタクシーを停（と）めた。いま三人の関心は専ら食物にあった。とにかくなにか腹の中に入れたうえで後の算段をしようとおもった。この空腹をなんとかしないことにはどうにもならない。

　乗り込んで行先を告げると、三人は押し黙って窓外に目を向けた。目を向けているだけで外の景色を見ているわけではない。三人三様に不機嫌であった。三人の共通項があるとすれば、同じ不機嫌を分け合っていることである。

運転手も三人の重苦しい雰囲気を察して話しかけて来ない。その背中が彼らを早く下ろしたがっている。

「おや」

右の端へ坐った一人がつぶやいた。

「どうしたい？」

真ん中の男が聞いた。

「風呂敷包みがある」

「開けてみろよ」

左端の男が言った。三人の男の好奇の視線を集めて風呂敷包みが開かれた。中身を確かめた三人の口から驚愕の声が漏れた。一万円の札束が、目分量でも二十束くらいある。

「こいつは凄え！」

「驚いたな、こりゃあ」

「豪勢だね」

左端の男が口笛を鳴らした。

「お客さん、どうかしましたか」

気配を察した運転手が聞いてきた。三人は咄嗟に目を見交わし合って、

「いや、なんでもないよ」

右端の男が声を造ってさりげなく答えた。風呂敷包みは右端の男の膝の上で開いたから、運転手の死角になっているはずである。

「なにか忘れ物があったんじゃありませんか」

運転手は追及してきた。

「いや、なんにもないよ。なあみんな」

「ああなんにもないとも。あれば教えてやるよ」

「そうとも、おれたちそんな他人のものをネコババするような人間じゃない」

他の二人が空々しい相槌を打った。

「お客さん、悪い了見をおこしちゃいけませんよ。あなた方が乗るすぐ前に下りて行った女のお客さんがいるのです。なにかひどく大事そうにかかえていたから、そのお客さんが忘れていったんでしょう。警察へ届けなければいけません」

運転手は諭すように言った。

「なんだ、知っていたのか。あんたも人が悪いね。どうだい、ものは相談だが、これは神様からの授り物だとおもうよ。せっかくの授り物を届け出ることはないとおもうがね。ここは四人で均等に分けないか」

左端の男が懐柔するように猫なで声を出した。

「それがいい。四人で分けても大金だよ」

「大賛成だね」

乗客の他の二人が和した。

「大金？　お金ですか」

運転手が驚いた声を出した。

「そうだよ。ピカピカの万札の束だぜ。おれたちが一生働いたって手に入れられない大金だよ」

「お客さん、心得ちがいしてはいけない。その金は我々のものじゃあないんだ」

運転手が厳しい語調になってたしなめた。

「それじゃあなにかい、あんたこの金を届けると言うのかい」

真ん中の男が尖（とが）った声を出した。

「当たり前だろう。他人の金なんだよ。あんたたち、下りてくれないか」

運転手の声も険しくなった。

「ふん、おれたちを追いはらってから独り占めしようたって、そうはいかねえぞ。これは本来おれたちが見つけた金だ。あんたにどうこう指図される筋合はねえんだ。あんたに分け前やる必要だってねえんだぞ」

真ん中の男がどなりだした。

「まあまあ、おたがいに興奮しないで。届けるにしても、落ち着いて話そうじゃないか。届けた後、落とし主が名乗り出なければ、おれたちのものになるんだ。届けるにしてもその場合の権利関係をはっきりしておいたほうがいいとおもうよ」

右端の、初めに金を発見した男が両者をなだめた。他の二人同様うらぶれてはいるが、最も分別がありそうである。

「あんたが見つけたからといってあんた一人のものにはさせねえぞ」

真ん中の男がまた歯を剝き出した。三人の中で最も短気で粗暴のようである。

「だれも独り占めにするなんて言ってないよ。届けるとなればこの四人が発見者となるんだ」

「おれは届けるのは、反対だね」

「おれもだ」

真ん中と左端の男が言った。

「だからそのことも含めて四人で相談しよう。運転手さん。とにかく人目のない静かな所へやってくれないか」

右端の男の口調は常識的であった。

世田谷区深沢二丁目、駒沢公園の近くの駒沢通りからちょっと折れた所に、タクシーのよく集まる袋小路がある。有刺鉄線で囲った空地に面していて、緑が多い。交通量も少なく静かな位置なのでタクシー運転手がいつの間にか休憩の場に使うようになったらしい。

いつ行っても数台のタクシーがひっそり駐車していて運転手が昼寝をしている。彼らの束(つか)の間(ま)の憩いを妨げるのは、空地に有刺鉄線を潜(くぐ)って入り込む近くの腕白くらいであるが、運転手たちにとってはそれはまったく妨げにならないようである。

六月十四日午後六時ごろ、空地の草むらで昆虫を追っていた近所の腕白の一人が、家に帰ろうとして駐車しているタクシーのかたわらを通りかかった。今日はタクシーが少なく、他に休憩している車は見えなかった。

そのタクシーは少年が空地に潜り込むときから同じ場所に駐(と)まっていた。空地を自分の〝領土(テリトリー)〟にしている少年は、たいていのタクシーが長くても一時間ぐらい休憩を取れば去って行ってしまうことを知っている。

そのタクシーは少年が見かけてからかれこれ二時間ほど同じ場所を動かない。少年の知るかぎりでは、これまでそんなに長い休憩を取ったタクシーはない。少年らしい好奇心を抱いた彼は、足音を忍ばせるようにしてタクシーに近寄り、車内を覗き込んだ。

運転手がハンドルに上半身をもたせかけるようにして寝ていた。少年はその運転手に異常を感じ取った。姿勢も不自然であったが、それだけではなかった。顔面はハンドルに伏せたようになっていたが、横顔が暗紫色に脹れているのが認められた。

テレビで育っているだけにこういう場合の想像力は抜群である。少年の目は運転手の首筋に固定した。首筋に水平にひもを巻いたような痕が見える。

好奇心に促されて見届けた後、少年に恐怖が襲って来た。少年は一目散に我が家に逃げ帰った。


世田谷区深沢二丁目の住人から、子供がタクシーの中で運転手の死んでいるのを見つけたという急報を110番経由で受けた所轄署のパトカーが現場に一番乗りをした。一見して犯罪による変死体と認めた所轄署員は、本庁に第一報を入れて現場保存を図った。

つづいて機動捜査隊員、本庁捜査課員、鑑識課員などが次々に駆けつけて来て、現場はにわかにものものしい雰囲気に包まれた。まだ早い時間であったので、物見高い弥次馬が集まって来る。

被害者は中野区江古田四―二十×番地安○タクシー運転手日吉勝一四十一歳で、住所は練馬区中村南二―十×番地共栄アパートと判明した。死因は、頸部にタオルか手拭状のものを水平に巻きつけて強く縛り、窒息させたものと認められた。いわゆる絞殺である。

運転台の背後には、防犯用の仕切り板がついているので、荷物を助手台へ置いてくれとでも言われて身体を助手台の方へずらしたときを狙われたのであろう。

被害者が抵抗した痕跡は車内に認められなかった。検視の第一所見によると、推定死後経過時間は二、三時間である。発見した少年の証言と照らし合わせても、犯行時間帯は、同日の午後三時―四時の間と推定される。大胆きわまる白昼の犯行であった。

被害者の「乗務記録日報」が車内に残されていた。それによると、被害者は、同日午前七時出庫して、午後三時に千石(せんごく)一丁目から白山下(はくさんした)まで乗せた十五件目の客が「最後の乗客」となっている。それ以後の記録はない。十六番目に乗って来た客に、犯行現場へ連れて行かれて、乗務記録を記入する前に殺害されたのであろう。

だがここに不可解な事実があった。それは被害者の水揚げ（稼ぎ高）一万二千円弱がそのまま車内に残されていたことである。すると犯人の目的は金にはなかったことになる。金が目的でなければ、被害者本人に怨(うら)みがあったのか、あるいは、他に動機があったのか。

その日は短距離客が多かったとみえて、乗務記録の現金収入は基本料金から、多くて千円以内である。当該のタクシーは非無線車であり、無線車よりも小口客が多くなる傾向がある。流しの場合、一時間三、四件の客で約二千円の水揚げとみてよい。

午前七時に出庫して午後三時ごろまでの「流し」では、昼食休憩一時間を差引いても七時間、平均二十二、三―三十件、水揚げ一万四千円ぐらいが予想されるので、被害者のこの日の遭難するまでの稼ぎは平均より悪かったようである。

後にタクシー会社を調べたところ、釣銭として会社から五百円を貸与するうえに、各運転手が個人的に多少の釣銭を用意するそうである。

乗務記録の売上げと照合してみると、売上げ合計と車内にあった金額の差額はちょうど二千円であった。

車内を綿密に検索した結果、後部シートから妙な〝生物〟の死骸と少量の黄色い粉末が発見された。生物はシロアリで、建造物や立ち木の害虫として知られる昆虫であった。シロアリの中でもヤマトシロアリという種類で札幌以南の各地に分布し、湿った木材を加害する日本家屋の天敵のような害虫である。

粉末は警視庁科学検査所の科学係が分析して、アルドリンという有機塩素系の殺虫剤と判明した。酸およびアルカリのいずれにも安定な残留性の強い農薬で、木材や土に棲んでいる害虫に特に有効であるという。またシロアリに対しては、これの乳剤を食害木材などに塗布すると著効がある。

これらを運び込んだのが犯人か、あるいは犯人以前に乗った客か不明である。だがシロアリが一匹だけタクシーの中に棲みつくことは考えられないし、殺蟻剤が一緒に発見されたところをみても、乗客によって外部から運び込まれたとみるのが妥当である。それ以外に車内から犯人の遺留資料と目されるものは発見されなかった。

被害者の遺体は解剖に付されるために搬出された。翌日午前九時には所轄の玉川署に捜査本部が開設されて、第一回の捜査会議が開かれた。最初に問題にされたのは、犯人の動機である。

「被害者の車の中にはタクシーの売上げがそのまま残されていたところを見ても、犯人の目当ては物とり以外の線が考えられる。仮に本人に怨みを含んでいた者の犯行とすると、犯人は仕事で流していた被害者と偶然出会ったことになるが、まずこの点から考えてみたい」

本部長の言葉を皮切りに、早速意見が出た。

「お言葉ですが、車内に売上金が手つかずに残されていたからといって、物とりの犯行ではないと断定できないとおもいます。売上金以上に価値のあるものが車内にあったかもしれません」

「タクシーの中に売上金以外に価値のあるものを積んでいるかな」

「被害者の細君に尋ねたところ、被害者は出勤時金目のものはなにも身につけていかなかったそうです」

本部長意見に対する異論はたちまちねじ伏せられた。

「被害車両は十四日午後三時過ぎ白山下付近にて最後の乗客を下ろし、そのまま白山通りを水道橋方面へ進行したと見られます。この最後の乗客が車内になにか忘れ物をしていったとは考えられないでしょうか」

新しい視点から意見が出た。会議出席者は新たな視野の中に、売上金以上に価値あるものが車内に存在する可能性を見た。忘れ物をめぐって、運転手と犯人の意見が対立する。あるいは対立する前に、犯人が独占しようとして運転手を殺害する。開かれた視野の中に犯罪の骨格まで浮かび上がってきた。発言者はみなが同調する気配に勢いを得て言葉をつづけた。

「被害者の車は、十四日午後三時過ぎ白山下付近で最後の乗客を下ろして、白山通りを水道橋方面へ進行して行った模様であります。白山下から深沢二丁目の現場までの間で犯人と遭遇したと考えられます。白山下から現場までかなりの距離がありますから、次の客、すなわち犯人は現場の近くではなく、最後の客が下車して間もなく、おそらく水道橋駅の付近で乗車したのではないかとおもいます」

「白山下から水道橋までの間には後楽園もありますよ」

別の意見が、補足した。

「犯人がどこから乗り込んで来たにしても、たまたま拾ったタクシーの中に前の乗客の忘れ物があった。なにげなく開いてみたら、途方もない金目のもの例えば大金だったとしたら……普通の常識を持ち合わせている人間であれば、直ちに届け出るでしょう。しかしもしその人間が窮迫しており、金を欲しがっていたとしたら、その場で悪心を起こしても不思議はありません」

「犯人がおもわぬ大金の忘れ物に悪心を起こしたとすると、被害者はなぜ深沢あたりまで車を操っていったのかね」

　副部長の署長が質問した。

「二つの可能性が考えられます。一つは犯人と被害者の間で忘れ物を分け合おうという了解がついた場合、二つ目は、犯人が途中で被害者を殺害して犯人自身が現場まで車を運転した可能性です」

　新視点を見つけた捜査員の口調には自信があった。

「タクシーの運転手は客を乗せるとできるだけ早い機会に出発地点を日報に書き込むものだ。ところが被害者は犯人を乗せた地点を記入していない。それは被害者が犯人の乗車後直ちに殺害されたか、あるいは関心が日報から逸れてしまったことを示すものではないかな。しかし犯人が犯行後車を現場まで運転していったという説には無理がある。犯人の心理として、運転手を殺害し、大金を手に入れた後は一刻も早くその車から逃げ出したいところだろう。死体を積んだタクシーなんかを運転していたらいつ捕まるかわからない。また犯人が運転手がよく休憩する場所を知っていたとはおもえない」

　署長が意見を開陳した。

「すると被害者は忘れ物を分け合うために現場へ来て殺されたのでしょうか」

「必ずしもそうとは限らないとおもう。犯人を説得するために現場へ来たのかもしれない」

捜査会議が酣になったとき、意外な方角から驚くべき連絡が入った。すなわち被害者の車に昨日午後三時ごろ文京区千石一丁目の交叉点から乗った乗客が朝のテレビのニュースを見て名乗りを上げてきたのである。その乗客は細川澄枝という二十一歳のＯＬで、文京区白山一丁目の事務機会社「ササキ商会」に勤めている。

彼女は会社のボーナス二千万円をタクシーの中に置き忘れ、直ちに警察へ届け出たものの、タクシー会社の運転手の名前を憶えていないために、いまに至るも金が発見されずやきもきしていたところに、当のタクシー運転手が殺害されたというニュースに接してびっくりして名乗り出たというものである。

細川澄枝の申し立ては、被害者の乗務日報の記録と符合する。だが彼女の記憶ちがいということも考えられるので、被害者の特徴を質したところ、ピタリと一致した。ここに被害者が乗せた「最後の乗客」が判明した。その結果、仮説が裏づけられたのである。

二千万円の現金が置き忘れられていたのであるから、犯人が一万二千円そこそこの金などに見向きもしなかったのがうなずける。

被害者の勤め先や細君に尋ねたところ、被害者は上に「二字」が付くほどの正直者で曲がったものは釣鉤も嫌いということであった。

捜査本部は、ここで拾得物の分け前をめぐっての紛争という考え方を捨てた。被害者は、忘れ物を届け出ることを断乎主張する。それに反して犯人は着服したい。二千万円といえば人間に悪心を起こさせるに十分な金額である。まして犯人が金に窮迫していればなおさらであろう。

同日午後解剖の結果が出て、検視の所見を裏づけた。犯人は被害者との間になんの「鑑」（特殊な関係）もない。「ナガシ」（行きずり）の犯人による犯行であるが、この場合、被害者のほうが「ナガシ」ていた。犯人は車内の忘れ物によって咄嗟に犯行を決意したものである。

犯人に「鑑」がなく、犯人につながるような遺留資料がないとなると、現場付近の犯人の足取りから捜査する以外にない。シロアリの死骸は犯人が遺留したものかどうか不明である。被害金品が特殊な品であれば、古物商や質屋に品触れ手配ができるが、ナンバーを控えていない現金とあってはお手上げである。

当面の捜査方針は、犯人の足取りを中心に進めることに決定された。

犯行時間は午後三時から四時までの間と推定されている。日の長い季節でまだ白昼の時間帯である。犯人の目撃者がいる可能性が大きい。目撃者を発見できれば犯人の特徴をつかめるかもしれない。犯行前後の現場付近における犯人の「足」だけが、捜査陣の唯一の〝足がかり〟であるところに、この捜査の難航が予想された。

置き忘れられた〝自殺？〟

1

七月十二日、梅雨の残る陰鬱な日であった。朝の国電飯田橋駅は、ラッシュでごったがえしていた。ただでさえも蒸し暑い車内が雨のために窓を開けられず、雨具や濡れた乗客の衣服のおかげで余計に不快になっている。入構して来る電車から下りて来る乗客たちは、一日が始まったばかりというのに、一様に疲労困憊した表情をしていた。

ちょうど上り線が着いてプラットホームに人が溢れていた。上り線の下車客がまだ捌けきらないうちに下り線が接近して来た。ホームの中央より、やや水道橋寄りの所で悲鳴が起きた。それは複数の悲鳴であった。一拍遅れて、入構して来る下り線がけたたましく警笛を鳴らしながら急ブレーキをかけた。軌条に火花を発して軋る車輪の響きが、電車の悲鳴のように聞こえた。

ホームにいた乗客たちにはなにが起きたのかわかった。人がわらわらと走り寄る気配がした。先刻聞こえた悲鳴は線路に落ちた本人のものではなく、たまたまその近くに居合わせた人の口から発せられたもののようである。

「こいつはひでえや」

「真っ二つだな」

「見ないほうがいい」

そんなささやき声が乗客の間から聞こえた。

プラットホームから転落した人は、所持していた通勤定期券から細川澄枝二十一歳、住所は杉並区西荻北（にしおぎきた）二―三十×、OLと身許（みもと）が割れた。周囲に居合わせた人の証言によると、彼女は突然ホームでふらふらと体勢を崩して線路の上へ落ちたということであった。ホームの上は下車した客でかなり混雑していたが、人波に押されてこぼれ落ちるほどではなかったそうである。

折からの梅雨明けの大雨でホームは濡れて滑りやすくなっていたために、足許を誤ったのだろうというのがおおかたの見方であった。

だがそうは見ない者がいた。細川澄枝は、一千万円の普通傷害保険に加入しており、傷害事故で死亡すれば、保険金全額が保障金として支払われることになっている。

傷害保険は、損害保険の一種であり、急激かつ偶然外来の事故による身体の傷害（死亡を含む）に対し、傷害の程度に応じて保険金を支払う保険契約である。人保険（人間に関する）であるが、病気、老衰、災害に因るを問わず、死亡にたいし、あらかじめ約定された保険金額全額を支払う生命保険とは異なる。

傷害保険で担保される死亡、後遺傷害および傷害治療実費に適用される免責条項の主たるものに疾病、保険金受取人の故意、自殺の三項目があるが、保険会社は細川澄枝の死亡事故に自殺のにおいを嗅いだ。それというのも、彼女が事故に先立つ約一か月前、会社の全社員のボーナス、二千万円をタクシーの中に置き忘れて、遂にその金が戻らなかったという事件があったからである。

澄枝はそのことに強い責任を感じていて、できることなら死にたいと漏らしていたという。澄枝が遂に自分の一命と引き替えに、保険金をもって会社にあたえた損害の半分でも償おうとしたのではないだろうか。もしそうだとすれば彼女のケースは保険金支払いの対象にならない。

保険会社は独自の調査を開始した。

2

この事故の損害査定を担当したのが、千野（ちの）順一である。千野は日本の損害保険会社の老舗、「安心海上火災保険会社」の損害査定員（アジャスター）である。アジャスターとは、一般に馴染（なじ）みの薄い職業であるが、一口に言えば損害事故の発生に際し、正当な保険金を支払うべく事故の保険査定処理を行なう担当員（スペシャリスト）である。

「正当な保険金」という言葉は、意味深長である。「保険時代」を反映して猫も杓子（しやくし）も保険をかける。保険の種類も、多種多様であり、また対象も免責規定で除外されている以外の一切の事故、例えば火災、盗難、破損、風水害、地震などあらゆる事故による損害に対して保険金を支払う、オールリスク担保の保険となっている。

当然ここに保険金を狙った犯罪が発生する。交通事故を擬装した損害保険金の騙取（へんしゅ）、火災保険金目当ての放火、船体保険をかけての擬装遭難、果ては保険金目的の殺人事件など、保険をめぐる犯罪は枚挙にいとまがない。

手口も初めは申請書類に虚偽の記載をして不正受給するという単純なものから、自ら自分の身体を傷つけたり、数人で共謀して役割を分担し、交通事故を仕組んだり、殺人を実行したりと悪質になり、知能犯化している。

また犯意はなくとも、被害者や保険金受取人は一円でも多く保険金をもらいたいという心情に傾いており、事故を過大に報告したがる。これに対して保険会社は保険金を出し惜しむ。

現代は、保険会社の過当競争で契約至上主義になっており、保険先進国の米国では、保険金詐欺のリスクを組み込んで掛け金を設定しているほどである。

保険は、同種の危険に晒される多数の人たちが金（保険料）を出し合って、金を出したメンバーのだれかに損害や危険が発生した場合にそれを共同で負担しようという発想から成るものであるから、公正な損害査定が必要とされる。

保険金の不正受給は、保険会社の損失のように見えるが、理論的には保険に加入している者全員の損害になる。

ここにＡＩＵ保険会社の査定員についての記述がある。

普通、保険会社の査定部員といえば、いわば裏方で、日の当たらない場所ということを除けば、一般の事務系サラリーマンと何ら異なるところはない。しかし我々が損保のアジャスターと言うときは、明らかに違う。これはあらゆる意味で特別の技能を要求される一種のプロフェッショナル、いわば職人である。およそ保険業界に限らず、すべてサラリーマンの歴史を通じて、過去にこれ程複雑怪奇な職種はなかったであろう。自動車や建物、機械などの評価にはじまって、傷害、疾病などの調査から、対人対物や企業賠償責任などの示談交渉、はては裁判、訴訟に至るまで、どれ一つを取っても、専門的な知識と経験がなければつとまらない。アジャスターは、保険事故の発生から、最終的に保険金を支払うまでの、すべてのプロセスを任される。

保険会社が要求する完全なアジャスターの仕事は『イエス・キリストにしか出来ないことだ』と言って辞職したアジャスターの記事が、アメリカの雑誌に出ていたが、『なるほど』と共感を抱く人は多いのではないか。何しろこの仕事だけはやって見なければ判（わか）らない辛（つら）さと、むずかしさに満ちている。


――ＡＩＵ発行「査定員（アジャスター）」


保険会社側から書いただけに迂遠（うえん）な表現であるが、要するにアジャスターの主たる仕事は、保険をかけた損害事故の発生に際して、不正の有無を調べることである。

千野は、細川澄枝の国電ホーム転落死事故の査定担当を命ぜられたとき、いやな予感がした。ＯＬが会社にあたえた損害を一身を替えて弁償しようとしたのであれば、健気（けなげ）というべきであろう。

職場を学校と結婚の間の腰かけぐらいにしかおもっていないＯＬが多い中で、稀（まれ）に見る責任感の持ち主である。だが自殺と確認されれば、保険金は支払われない。その場合、彼女は無駄死にになる。目的の保険金が被保険者または家族の保障のためではなく、会社にあたえた損害を塡補するためとなると、事故の真相の究明が後味の悪い結果を生みそうな予感がしたのである。

千野は気が進まなかったが、仕事とあれば選り好みは言っていられなかった。

問題の保険は、細川澄枝を被保険者として会社が契約した普通傷害保険である。保険金受取人は会社となっているが、これは政府管掌の労災保険が最低限の補償に止まるので、これに上積みした法定外保障保険として、社員保障制度の充実のために社員の外来の事故等に際する、死亡退職金、弔慰金、見舞金等に当てる目的で、役員、社員全員にかけているものである。

社員一人に付き、平均一千万円、年間保険料約二万七千円であった。

細川澄枝は杉並区西荻北のアパートに一人で住んでいる。郷里は新潟県上越市で、両親はまだ同地に健在である。地元の高校を卒業後、同郷出身の経営者の縁を頼って現在の事務機会社に就職したということである。

千野は、澄枝の生前の勤め先であったササキ商会へ行った。上司も同僚も彼女の死を心から悼んでいた。

「責任感の強い子でしたから、あの事件以来相当深刻に考え込んでおりましたよ。事件が彼女の心に深いダメージをあたえたことは確かでしょうね」

澄枝の直近上司であった経理課長はそう言ってから、少しうろたえた口調になって、

「しかし、そのために彼女が自殺したとは考えられませんね。現に彼女には会社で担当している仕事があります。その仕事を放り出して自殺なんかすれば、さらに大きな損害を会社にあたえることになります。そんな無責任をするはずがありません。保険に入っていましたけど、保険金は会社から彼女の遺族に全額弔慰金として渡します。会社が被った損失に当てようなんて、そんなみみっちい考えなんか持っていませんよ。一応会社が保険金の受取人になっていますが、社員の保障制度の一環としてかけた保険ですから」と言葉をつけ加えた。

課長は自分の言葉のせいで保険金が下りなくなると困るとおもったらしい。

その他同僚にも聞いて回ったが、彼女の評判は圧倒的によかった。不慮の死が、同情を引いているのであろうが、澄枝の悪口を言う者はなかった。明るい性格で、世話好きで、骨身惜しまず、だれからも好かれていた。——それが彼女の最大公約数的アウトラインである。

だがこれほど人から好かれ信頼を集め、責任感のある澄枝が、どうしてタクシーの中に会社の大金を置き忘れるというような救い難いミスを犯したのか。それが、千野の疑問であった。

一応、会社の聞込みを終えて帰りかけた千野を、遠慮がちに呼びとめた者があった。ササキ商会の若い社員である。

「ちょっとお話ししたいことがあるのですが」

彼の周囲の耳目を憚るような態度を敏感に察した千野は、近くの喫茶店へ誘った。

「どんなことでしょう」

オーダーを取ったウエイトレスが立ち去ると、千野は早速促した。

「私、営業課の夏目と申します」

テーブルに差し出した名刺には、「夏目忠彦」と刷られてある。

「実は、私は、細川澄枝と婚約しておりました。まだ会社のだれにも話しておりませんでしたが、来年の春頃結婚するつもりになっていたのです」

夏目は言葉を押し出すように言った。

「細川さんの婚約者……」

千野は改めて相手に視線を向けた。二十五、六歳と見える細身の繊細で清潔な感じの若者である。澄枝はもしかすると、この恋人のことを考えていて、ついうっかり金を置き忘れたのかもしれないとおもった。

「保険の査定マンというお仕事は、探偵に似ていると以前になにかの本で読んだ記憶があるのですが……」

夏目はおずおずと言った。

「探偵とはちょっとちがいますが、似ていないこともありませんね」

千野は相手の真意が不明なので、曖昧な答え方をした。

「もし探偵であるなら、彼女を殺した犯人を見つけて欲しいのです」

「殺した犯人？　細川さんは殺されたのですか」

意外なことを言いだした夏目に千野は身体を乗り出した。ちょうどそのときオーダーが届けられた。ウエイトレスが去るのが待ちどおしい。

「殺されたも同然です」

ウエイトレスが去ると、夏目が言葉をつないだ。

「どういうことなのですか」

「澄枝が金を置き忘れたタクシーの運転手が殺されましたね」

夏目が千野の目の奥を覗き込んだ。千野が黙ってうなずくと、

「警察は、犯人が車内に置き忘れてあった金を見つけて、それを独り占めするために運転手を殺害したとみているそうです」

「そのようですね」

「その犯人が金を取らなければ、澄枝は死なずにすんだのです。金が無事に戻っていれば、彼女は死ななかったはずです」

「それではあなたは細川さんが自殺したとおっしゃるのですか」

「そうは言いません。しかし、金が戻らなかったので、彼女は虚脱したようになり、駅

のホームから転落したのだとおもいます。だから運転手を殺し、金を奪った犯人が彼女を間接的に殺したのです」

「まあ、そう言えなくもありませんね」

「確実に言えます。金さえ戻ってきていれば澄枝は死ななかったのです」

夏目は断定調に言った。

「いま犯人を警察が捜査していますよ」

「警察まかせにしておけないので、あなたにも犯人を捜してもらいたいのです」

「ぼくに犯人を？」

「そうです。彼女を死に追いやったからこそ保険会社も保険金を支払わなければならなくなったのでしょう。ぼくは犯人が憎い。なんとしても犯人を捕まえたい」

「ちょっと待ってください。細川さんがタクシーに置き忘れた金と、彼女の保険金はなんの関係もありませんよ。仮に犯人が捕まり、金が無事に戻ったとしても、保険金支払いの有無には関係ありません」

千野に言われて、夏目は、はっとした表情をした。自分の錯覚にようやく気がついたらしい。細川澄枝の二千万円紛失事故と、彼女の死の時間的連続が、彼に錯覚を生じさせたようである。それは保険金の支払いにすら影響しかねない危険な錯覚であった。もし彼女の死が自殺と証明されれば支払いの対象にならなくなるからである。

「ぼくは少し逆上していたようです。ぼくがいま言ったことはどうぞ忘れてください。彼女は自殺なんかするような人間じゃありません。彼女はぼくとの結婚に備えて、着実に準備を重ねていたのです。ぼくに黙って絶対に自殺なんかするはずがありません」

千野は、夏目の話を聞いているうちに、澄枝が自殺をしたのではないかという疑いを捨てかけた。それは保険会社の考えすぎというものであろう。たとえ本人に保険金を以って会社に損害賠償しようという意志があったとしても、会社は保険金全額を彼女の遺族に回すつもりだという。そして会社がそのようにするであろうことは彼女にもわかっていたはずである。

それにもかかわらず、遺書も残さずに自殺するはずがない。

しかし、夏目忠彦が図らずも指摘したように、あの事故によって虚脱状態になったことは事実であろう。そうだ、虚脱したのは必ずしも金のせいばかりではなかったかもしれない。彼女が金を置き忘れなければ、タクシー運転手は殺されずにすんだのである。その意味で澄枝は間接的に運転手を殺したといえなくもない。少なくとも死の原因をあたえている、その辺りにも責任を感じていたかもしれない。

千野の調査報告に基づいて、死亡保険金が全額支払われた。

復活した白蟻

1

二年後の七月十一日午後三時頃、都下狛江(こまえ)市内和泉(いずみ)一〇五×番地先の道路で一件の交通事故が発生した。二車線幅の地方道路であるが、調布方面へ抜ける幹線道路であるため、けっこう交通が激しい。

三台の車が調布方面に向かって連なって来た。かなり車間距離を詰めて走っているが、三台共流れに乗って同速で飛ばしているので不安は抱いていないようである。

最先頭を走るA車のテールランプとウインカーが数回点滅した。これは二台目のB車のドライバーの目には入ったが、三台目のC車のドライバーにはB車のかげになって見えない。

B車のドライバーがにやりと笑ってC車の方をバックミラー越しにうかがった。相変らずピタリと追尾して走って来る。追い越したがっている気配がわかる。

A車からブロックサインが出て一、二秒後A車がタイヤを路面に軋ませて急停止した。B車もそれに応じて急停止した。ピタリとB車にくっついて追越しの機会を狙っていたC車が慌てて急ブレーキをかけた。タイヤが路面を噛んで金切り声をあげた。タイヤから煙りを発している。

B車は際どいところで追突を免れたが、C車は間に合わなかった。金属の接触音がしてB車の後部とC車の前部がもつれ合った。ヘッドランプやウインドウのガラスが壊れて地上にばら撒かれた。

「ああ、やっちゃった」

路傍の通行人から声が上がり、対向車もびっくりして停車した。B車、C車の運転者もしばらくショックのためか、車内にうずくまったままである。

「おい、大丈夫か」

駆け寄って来た通行人が窓から覗き込みながら声をかけた。B車には三十代前半とみえる肉体労働者風の身体のいかつい角張った顔の男が、またC車には三十前後の小ぎれいな服装をした細身長身の男と金髪の様子のいい外国人女性が乗っていた。

アベックは通行人に声をかけられて、ようやく我に返ったが、B車の運転者は、ハンドルに凭れかかったまま、いっかな動かない。

「おい、こっちの人、様子がおかしいぞ」

「頭を打ったのかな」

「救急車を呼べ」

集まって来た弥次馬が口々に言った。まずもよりの派出所から警官が駆けつけて来た。つづいて救急車が来た。B車の運転者が、運転台から搬び出された。

追突の機転によって生じた重い鞭打ち損傷により意識の障害をうけた模様である。事故の原因になったA車は、いつの間にか姿を晦ましていた。だがC車の安全運転義務違反と車間距離不保持の責任は免れない。これの違反によって人身事故を起こしたとなると、行政上と民事上の責任に加えて刑事責任を問われることになる。

A車の急停止に対応してB車は停止しているのにC車は停められなかったのである。被害者の救護が行なわれる一方、交通警官による現場の二重事故発生防止のための措置が講ぜられる。警官は手なれたもので、C車の運転者が無事と見極めると、現場検証を進めながら、供述調書作成のために、C車の運転者に事故発生時の模様を質問する。

事故の真因はA車にあるとしても、情況はC車に絶対的に不利であった。

だが事故を担当した警官はなぜA車が急停止したのか疑問をもった。目撃者に聞いても子供の飛出しや、道路上の障害物などの急停止の原因になるようなものがない。肝腎のA車が事故発生後姿を晦ましてしまったのでその点を明らかにすることができない。A車のナンバーを認めた者もいなかった。

B車の運転者は新村明、三十三歳、住所は新宿区東大久保二―十六×清和荘、同区中落合三―二十×の東京燻蒸会社の社員である。同社は害虫駆除の専門業者で都下および近県を営業範囲としている。

またC車に乗っていたのは、「ジャパン・クリエイティブ・エージェンシイ」（中央区銀座八―七銀座ソシエテ・ビル）社長北原真一、三十歳、同乗の女性は、同社所属モデルのイリヤ・シルビア、二十一歳である。

ジャパン・クリエイティブは、ファッションモデルの斡旋会社で、北原の商才によって最近急激に成長してきたファッション業界の新鋭である。北原と同乗していたイリヤ・シルビアも、大手化粧品メーカーのCMで一躍超A級のモデルにのし上がった女性である。

被害者の新村明は病院に収容されたものの意識は消失したままであり、重態であった。鞭打ちによる脳症状は、受傷後直ちに発し、軽症の場合は数分、重傷は数時間以上に及ぶ。最悪の場合はそのまま死亡することもある。

だが追突事故において治療を必要とする鞭打ちは七パーセントぐらいであり、その中される。

でも本件の被害者のように重篤の脳症状を発するのは稀有である。追突されたはずみに頭部や頸部が車体のどこかに当たり、直接外力が身体に働いた場合、鞭打ち傷害が倍加される。

新村明は、北原真一に追突されたとき、身体に加速度を加えられると同時に頭部をハンドルか、窓ガラスに打ちつけたとみられた。鞭打ち損傷の中でも不幸な稀有のケースであった。新村の症状によって北原の責任も加重される。

加えて被害者は十年間無違反者であった。被害者は独身で家族がいないため、勤め先の社長が代理人として、自賠責（自動車損害賠償責任保険）に基づく損害賠償の請求を出した。

この保険は被害者救済を目的とした、強制保険であり、国が再保険をする。これを越える損害は加入額を限度として任意の自動車保険から支払われる。自動車事故の被害者は死亡、傷害、後遺傷害の三段階に区分されて保険金の支払いをうける。加害者が被害者に直接賠償金を支払った場合は、自賠法の限度で損害額が塡補される。

この事故の査定を担当したのが、千野順一であった。彼は事故の原因をつくったA車の行方が気になった。警察も不審を抱いたように、A車が急停止した理由に、この事故の鍵が潜んでいるような気がした。

急停止すべき理由がなんら見当たらないのに、なぜ停まったのか。

A車が故意に停止したと仮定したならどうであろうか。故意の底に果たして何が潜むか。千野はこの一見単純な交通事故の中に、きな臭いにおいを嗅ぎ取っていた。

故意には必ずなんらかの目的があるはずである。その目的は何か。千野の思案が次第に凝縮してきた。この事故で利益をうける者はだれか。B車の運転者は被害者であり、損害賠償金の支払いをうける。

自動車保険の内容は、強制保険である自賠責の保険と任意の自動車保険の双方を含む。被害者には、自賠責から死亡時二千万円、傷害百二十万円、後遺傷害七十五万円から二千万円の範囲で保険金が支払われる。これを越える被害は加入額を限度として任意の自動車保険から支払われる。

個々の損害賠償額の算定は「ケース・バイ・ケース」となるが、治療費、入院関係費用、弁護士費用、また逸失利益(事故にあわなければ得ていたはずの利益)、物損、精神的損害(慰謝料)、死亡した場合は葬儀費用、これに被害者側に過失があるときはこれを斟酌(しんしゃく)する過失相殺が適用されて最終的な金額が算定される。

算定方法によって金額に多少の差はあっても、被害者の新村に必ず金が支払われる。新村に故意があるとすれば、目的は保険金である。だがA車に故意があったとすれば、それが成り立つためにはB車との間に共謀がなければならない。

これは、AB両車が通謀して巧妙に仕組んだ保険金目的の偽装追突ではないだろうか。

むしろ加害者はデッチ上げられた事故におびき寄せられた獲物ではないのか。

共犯者がAB両車に分乗する。獲物（C車）を見つけたところで、A車が急停止する。それに応じてB車も急ブレーキをかける。急停止の直前にAB両車の間でサインを交わしておくから、ABが衝突することはない。なにも知らないC車が罠にはまってB車に追突する。A車はそのまま逃走してしまう。

やがて警察官が検証に来たときは、BC車の単純な追突に見え、B車との車間距離を十分に保っていなかったC車の一方的な過失と安全運転義務違反となる。CにはAB間の共謀を証明するてだてはない。

千野の思考の中に事故の構造が次第にその骨格を露わしてきた。だがデッチ上げの事故にしては、B車の運転者が重傷を負いすぎている。意識が消失したままで症状は予断を許さない。新村が死んでしまっては、せっかく保険金が支払われても宙に浮いてしまう。

これは新村の計算になかったことではないのか。カモは罠におびき寄せられてきた。だがカモの勢いが良すぎたために罠が壊されてしまったのではあるまいか。

新村としては、まさか北原の車がそんなに勢いよく突っ込んで来るとは予測していなかったのかもしれない。それだけが彼らの計画表になかったことであった。

自動車損害賠償法は、被害者または運転者以外の第三者に故意または過失があったこと、さらに車の構造上の欠陥がなかったことを加害者自らが証明した場合は責任を免じ、保険金を支払わなくともよいと規定している。

　新村の意識が戻らないので、千野はまず北原に会った。だが北原は事故発生時の記憶をほとんどもっていなかった。突発した事故に動転して、事故の模様はおろか警官の質問にもどのように答えたか、まったく憶えていなかった。右の瞼（まぶた）に絆創膏（ばんそうこう）を張っただけの軽傷ですんだが、精神にはかなりの損害（ダメージ）をうけた様子である。

「目撃者の証言によると、事故発生時、あなたが追突した車の前に別の車が走っていて、それが急停止したということですが、その車についてなにか憶えていませんか」と千野が尋ねても、

「車がいたことは知っているが、どんな車だったか憶えていない」

「乗用車ということですが、型式や色については」

「全然わからない」

「事故発生前に、被害車両と、その前の車の間で、なにか合図のようなもの、例えばクラクションを鳴らしたとか、ライトを点滅させたとかいうようなことはありませんでしたか」

「わからない。とにかく目の前を被害者の車がピタリと塞いだ形だったので、その前にどんな車がいたのか見えなかった」

「ピタリというと、よほど車間を詰めていたのですな」

「なんとなく進路を妨害するようないやみな走り方をしていたものだから、ピタリとくっついた形になってしまった」

「進路を妨害したのですか」

「はっきりと妨害したわけではないが、こちらが追い越しをかけると、スピードを上げ追い抜かせまいとした。ついいらいらしていたものだから、急停車に咄嗟に対応できなくて、ぶつかってしまった」

「追突した瞬間と直後はどうしていましたか」

「ぶつかった瞬間、額をどこかに当てたらしく瞼に火花が閃(ひらめ)いたのを憶えているだけで、後は駆けつけて来た人に声をかけられるまでどうしていたか、まったく記憶にない。多分、運転台で放心していたのだとおもう」

「同乗の女性はどうしていましたか」

「同じ様な状態だったとおもう」

　こんな調子で、北原からはなにも得るものがなかった。千野はつづいて、北原と同乗していたイリヤ・シルビアに会った。いま売れっ子の超一流モデルだけあって、約束(アポイントメント)を取り付けるのに苦労したが、とにかく十分だけと刻まれて銀座の事務所で会うことができた。バービルの立ち並ぶ一画の細長いビルで、得体の知れない芸能プロや業界新聞社、興信所などと同居している。

イメージが売り物の仕事だけに銀座に事務所を構えているというだけで、「通り」がちがうのであろう。狭い事務所の壁は、イリヤ・シルビアのさまざまなポーズをとった写真やポスターで埋め立てられていた。

「ジャパン・クリエイティブ」は社長の北原が「外国人モデル」時代の到来を逸速く予見して、外国人または混血モデルばかりで固め、大都市だけでざっと五百社は乱立しているというこの業界で急激に台頭したモデルクラブである。

だが千野が調べたところ、ジャパン・クリエイティブの評判はあまり芳しくない。同社は日本人の外国人女性コンプレックスに付け込んで北原がアメリカへ行ってかき集めて来た売春婦まがいの女をモデルに急造して売り込んでいるということである。女のほうも本国では鼻も引っかけられないのが、日本へ来ればチヤホヤされていい稼ぎになるので喜んでやって来る。ロスアンジェルスやニューヨークには「一旗」を夢見て全米から集まって来て、志を得ぬままくすぶっているちょっと容姿に自信のある若い女がごろごろしている。

北原は彼女らに目を着けて勧誘したのである。

本国でなにをやっていようと日本では問題にされない。金髪、青い目、抜群のプロポーションとフィーリング、これだけで十分であった。

これは確認されたわけではないが、北原は彼女らを需要に応じて〝接待〟や〝景品〟用にも使っているということである。イリヤ・シルビアは外国人モデルばかりの同社の中で珍しく混血であった。それも、父方の祖父はアメリカ人、祖母は日本人で、母親はロシア人という、実に三か国の混血である。

シルビアも北原がアメリカから昨年拾って来たそうであるが、その素姓はよくわからない。千野は、北原とただならぬ関係ではないかとにらんでいた。

事務所の中には数人の外国人女性モデルが屯していて英語がとび交っていた。

シルビアはいまを時めく売れっ子だけあってその中にあっても一際輝いてみえた。複数の民族の血液が重ね合わせられて優生学的に優れた素質が現われたのか、彫りの深い表情の底には女の深い謎が潜んでいるようである。それが祖父方の人間には「東洋の神秘」と映じ、抜群のプロポーションとあいまって祖母方には日本人離れした造型となって迫る。天成の素質に加わって、盛運の人間に見られる光輝が、後光となって全身から発しているように感じられる。

髪は金髪であるが、瞳は祖母の血を継いだのか黒い。薄い横に引かれた唇が妖艶に烟りかかる表情を意志的にまとめ上げている。彼女がアメリカでくすぶっていたとすれば、先方に見る目がなかったといわざるを得ない。現に彼女の人気はアメリカに逆輸入されつつあるという。

「時間がないので、質問は簡単に願いますよ」

まだなにも訊(き)かないうちにマネジャーが急(せ)かした。シルビアは日本語を解する。千野は、北原に対して発したのと同じ質問をした。答えは北原とまったく同じであった。要するに「A車」についてはなにも憶えていないというのである。

事故発生時、彼女は助手席に乗っていた。運転台とは別の視野があろうかと期待して来たのだが、まるで北原と口裏を合わせたかのようになにも見ない、なにも憶えていないの一点張りである。

だが二人が口裏を合わせる必要はなにもないはずであった。被害者側の故意または過失が証明されれば、彼に保険金が支払われなくなるだけである。北原にしても責任が減じられ、不利益なことはなにもない。

千野はあきらめて帰りかけた。約束の十分はすぎていた。そのときシルビアがふと言葉を漏らした。

「メイビー、私のおもいすごし(イマジネーション)かもしれないけれど……」

「多分(メイビー)、どうかしたのですか」

千野は一縷(いちる)の望みを託してシルビアの顔を覗き込んだ。

「社長が、衝突した車の運転手の顔を見たとき、ちょっと驚いたような気がしたのよ」

「驚いた？」

「私の気のせいかもしれないわ」

「驚いたというのは、相手の運転手を社長が知っていたようだということですか」

「わからないわ。私の気のせいかもしれないって言ったでしょう」

「きみ、もう時間がないんだ」

マネジャーが会見の終了を告げた。

2

イリヤ・シルビアの最後の言葉は、千野の胸に引っかかった。もし北原が被害者を知っていたのであれば、なぜそのことを黙秘していたのであろうか。加害者と被害者との間の人間関係の存在は必ずしも示談交渉をスムーズに運ぶ素地とはならない。人間関係にもいろいろな種類があるからである。

北原が新村を知っていて黙っていたとすれば、二人の関係は第三者に知られたくない種類のものかもしれない。だが北原が黙秘したとしても、新村の意識が戻れば、どうせわかってしまうことである。二人共に知られたくない関係であるとしても、新村の意識が回復した直後に両人が合意をしておくことが必要であろう。

新村と北原が共謀しての擬装事故という可能性はどうか。それはほとんど考えられない。まず共謀ならば北原が新村を見て驚くはずがない。北原は現在上昇中のモデルクラブの経営者であり、わずかな保険金目当ての危険な犯罪の片棒をかつぐはずがない。追突によって損傷した彼の車の損害が保険によって償われたとすれば、彼は危険ばかり多くなにも利益するものがない。つまり犯罪による利益がまったくないのである。

シルビアも、自分の言葉に自信をもっていなかった。やはり彼女の「おもいすごし（イマジネーション）」であったかもしれない。いま疑惑の霧の中に立っているのは北原ではなく、新村の方なのである。

次に千野は新村の勤め先を当たった。「東京燻蒸会社」とは奇妙な社名であるが、主として家屋に棲みつく害虫、シロアリやゴキブリの退治を営業としている会社である。会社の所在地へ行ってみると、住宅地の中のごく普通の民家である。玄関に「東京燻蒸」と墨で書いた木の表札が出ているだけで、注意してみないと見すごしてしまう。

損害賠償の請求はこの社の社長である木谷義秋という人物から出されている。加害者から損害賠償の支払いをうけていない被害者は、さしあたっての医療費や葬儀費（死亡時）として支出を要する場合に仮渡金の請求ができる。死亡したとき、傷害の場合は後遺傷害が確定したときまたは負傷が完治したとき本請求ができる。

被害者に身寄りがなく、他人が医療費や葬儀費を出したような場合は、その者が支払った費用の範囲で保険金の請求ができることになっている。新村が運転していた車は木谷の所有であったので、木谷が仮渡金の請求を出している。自動車の車両保険については木谷が請求者になれる。

最も単純な構図は、新村と木谷を共犯として結ぶものである。つまり、A車の運転者を木谷とする相関関係である。だがこれだけ手のこんだ事故を仕組んだとすれば、そんな簡単に割れるような位置に共犯者を据えることはまずあるまい。

しかし、千野としては木谷という人物を無色透明に見られないのである。


玄関を入ると、消毒薬のにおいがこもっていて、建物からは感じられなかった仕事の性質とにおいがようやく嗅ぎ取れた。案内を乞うと、顔色の悪い中年の女が出て来て、玄関脇の応接コーナーへ通された。今日訪問する約束はすでに取り付けてある。

待つ間もなく、四十代後半から五十前後と見えるねずみ色の作業服を着た男が出て来た。顔が総体に小さく、目鼻口がその中央にこちゃこちゃと固まっている。小さい目の光が敏捷（びんしょう）で、なんとなく下水口から気配をうかがっているどぶねずみを連想させる。作業衣の所々に黄色い粉末がついているのは、消毒薬であろうか。

初対面の挨拶を交わしてから、

「この度は新村さんはご災難でした」

とまず見舞いの言葉を述べると、

「いやあ我が社も貴重な戦力を失って大損害ですよ。私の方からも損害賠償の請求をしたいくらいです」

と全身の忿懣（ふんまん）を打ちつけるように言った。

社員が受傷したことによって会社の売上げ高が下降し、得べかりし利益が減少した場合に「企業損害」として請求できるかという問題は、会社の規模、社員の位置によって一律には論ぜられない。法律構成も一定していない。

千野は、木谷の忿懣を適当にいなして、

「事故発生当時、新村さんはどんな用事で発生現場に行かれたのですか」

「仕事に決まってますがな。その近くの家にシロアリが発生したので消毒に行ったのです」

「新村さんの車にはそんな消毒薬のようなものは積まれておりませんでしたが」

「そりゃあ、あんた、仕事といっても消毒ばかりとは限りませんよ。害虫の発生場所を発見して、その蔓延（まんえん）を予防するのも我が社の重要な仕事ですがな」

木谷は目の玉をきょときょと動かして言った。

「お仕事で行かれた途上での事故ということになりますと、労災が適用になりますね」

「そ、そ、そんなあんた、うちあたりで労災なんかやっていられませんよ」

木谷の口調がにわかにうろたえた。農林水産事業の一部を除いて常時労働者を一人でも使用する事業は労働保険の強制適用事業となり、これに加入することが法律的に義務づけられる。

彼の狼狽(ろうばい)は、「東京燻蒸」が名ばかりで、労基法や労災保険法の適用事業としての体裁も法的実体ももっていないことを示すものである。〝社員〟らしい者の姿も見えない。

木谷と話しているうちに、千野は軽い頭痛を覚えてきた。どうも屋内に漂っている消毒薬のにおいのせいのようである。消毒薬の有毒成分が身体に作用したのであろうか。

そういえば、木谷も彼の細君も異常に顔色が悪い。抵抗力を強める害虫に対応して、殺虫剤も強化される一方である。千野は頭痛に加えて気分が悪くなってきた。話の途中で細君がぬるそうな茶を出してくれたが、口をつけることなく辞去した。

3

木谷の家を出て、駅の方角へ向かいかけると、近所の主婦が道端に数人固まって立ち話に耽(ふけ)っていた。

「ゴキブリを飼っているんですって」

「道理でこの頃家にゴキブリが多くなったとおもったわ」

「いやあねえ」

「ゴキブリだけでなく、変な虫をいっぱい飼ってるんですってよ」

「いったい何のためにそんなものを飼っているのかしら」

「ご主人がクリーニングの御用聞きに商売道具だって言ったことがあるそうよ」

「商売道具にはちがいないかもしれないけれど」

「でも害虫を駆除するのが商売なら、道具は殺虫剤の方じゃないのかしら」

「そうねえ」

「とにかくあんな人に近所にいられたら、気味が悪いわよ」

　通りすがりに主婦たちの会話が聞くともなく千野の耳に入ってきた。千野はいったん彼女らの傍を通り過ぎてから引き返した。

「ちょっとお尋ねしますが、ただいまお話しされている虫を飼っている家というのは、木谷さんのお宅ではありませんか」

　突然問いかけられて主婦たちは身構えた。

「実は私は、こういう者ですが、木谷さんが保険をかけたいとおっしゃってきましたので、少々お仕事などについて調べさせてもらっているのです」

　千野は名刺を差し出した。主婦は千野の口実に納得したのか、社名を信用したのか、警戒の構えを解いて、

「そうよ、木谷さんの家よ。まさか虫に保険をかけようというんじゃないでしょうね」

「虫が財産として認められればかけられないこともありませんがね」

千野は主婦たちをからかった。

「いやだわ、ゴキブリ保険なんて」

主婦たちが気味悪そうに肩をすくめた。

保険契約を締結するための三要素がある。それは一、保険価額、二、保険金額、三、保険料率である。以上三つの設定ができなければ保険はかけられない。一は保険の対象（目的物）の財産的価値、つまり被保険利益の評価額である。二は保障してもらいたい額、三は保険会社が引き受ける額、つまり徴収する掛け金の率である。

仮にゴキブリを保険の対象とした場合、それがどんなに学術的に貴重な種類であっても、二は設定できても、一と三の条件を充(み)たすことができないので、保険は成立しない。

だがそんなことを主婦たちに説明してもはじまらない。

「ところでゴキブリだけでなく、他にも変な虫を飼っているそうですが、どんな虫かご存知ですか」

「シロアリとか言ってたわ」

「ちょっとちょっと、シロアリって家の材木を食べる害虫じゃなくって？」

別の主婦が口をはさんできた。

「そうかしら」

「そうかしらじゃないわよ。そんなアリが逃げ出して広がったら私たちの家を蝕まれちゃうわよ」

「まあ大変！」

主婦たちは千野をそっちのけにして顔を見合わせた。そのとき千野は二年前に発生したタクシー運転手殺害事件をおもいだしていた。ＯＬがタクシーの座席に置き忘れた二千万円が原因で運転手が殺され、現金は未回収、犯人も不明のまま迷宮入りとなった。ＯＬは運転手が殺されて間もなく、国電ホームから転落して死んだ。彼女が普通傷害保険に入っていたので、自殺の疑いを抱いて調べたが、結局事故とされて、保険金は全額支払われた。

あの事件のとき被害者の車の後部座席に一匹のシロアリの死骸と、殺虫剤の成分が検出された。二年後のいま、再びシロアリが登場してきた。シロアリは日本全国に分布する木材の食害虫で別に珍しくもないが、シロアリ駆除業者にたったいま会って来たばかりなので、埋もれていた記憶がよみがえったのであろう。

しかし、――とまたかしましい立ち話に没頭した主婦たちを残して駅への道を歩きながら、千野は考えた。

タクシーの車内にはシロアリだけでなく、殺虫剤の成分が残されていたのである。殺虫剤が残されていたという事実は、そのシロアリに用いられたことを示すものであろう。その殺虫剤はシロアリに特に効果がある薬品ということであった。犯人はシロアリ駆除業者ではなかったのか。思案は一挙に煮つまった。

シロアリ駆除業者となると、数は限られてくるのではないか。思案に耽っている間に駅に着いた。ふと気がつくとズボンの裾に黄味を帯びた粉が付着している。木谷が衣服に付けていた粉末と似ている。千野は、ティッシュペーパーにその粉末を大切に保存した。

4

二日後、出勤前に自宅でなにげなく新聞を開いた千野は、目を剝いた。社会面のかなり大きなスペースを割いて、「会社ぐるみのシロアリの商法、物置で飼育し、ばら撒く——民間〝生物戦部隊〟大活躍」の見出しで次のような記事を載せていた。

——都内都下および近県の住宅団地で、シロアリ防除会社社員を自称する男が、故意にシロアリをばら撒いて消毒を持ちかけ、消毒料を騙（だま）し取ろうとした事件を追及していた新宿署は、七月二十八日夜東京燻蒸株式会社社長木谷義秋（四八）（新宿区中落合三—二十×）を詐欺容疑で逮捕した。

調べによると木谷は同社従業員新村明（三二）（新宿区東大久保二―十六×清和荘）と二人で、同社内の物置で飼育したシロアリを目をつけた家の床下などにばら撒いておいて、数日後に訪れ、シロアリが棲みついている、このまま放置しておくと家が腐ってしまうと脅して消毒料を騙し取っていた疑いである。

被害者の主婦の一人が不審を抱いて〝消毒ずみ〟の床下を調べたところ、段ボール箱に入ったシロアリを発見して警察へ届け出た。――

そして木谷のどぶねずみのような顔写真が一緒に載っていた。

やはり、木谷と新村は「同じ穴の貉（あるいはねずみ）」であった。さらに新聞記事によると――シロアリの防除については社団法人日本しろあり対策協会があり、防除法の指導、業者の資格認定、防蟻剤の登録などを行なっているが、東京燻蒸はもぐりの業者だったそうである。

出勤しなければならない時間になっていたが、千野は脳裡に凝固した思考を追いかけていた。

木谷と新村は、二年前のタクシー運転手殺害事件に関係ないであろうか。一昨日木谷を訪問した帰りに脳裡の端末をかすめた発想が、いまはその中央にしっかりと居坐っている。

査定されざる債務

1

千野順一は幼いとき悪夢としか言いようのない経験をした。

二歳のとき、父を交通事故で失った彼は、母の女手一つで育てられていた。

彼女は夜の勤めに出て母子二人の生活を支えた。手になんの技術もない若い寡婦が手っ取り早く就ける職は、夜の世界しかない。深夜まで預かってくれる保育園がなかったので、順一は母が出勤してから帰宅して来るまで一人寂しく待っていた。

母が帰って来るまでたいてい待ちくたびれて眠ってしまう。ふと気がつくといつの間にか柔らかく暖かい母の胸の中に抱かれている。

そのときの幸福感は母のいない間の寂しさを償って余りあるほどであった。

それは、順一が四歳のとき年末の風の強い夜だった。窓に鳴る木枯らしが動物のうなり声のように聞こえて、順一はなかなか寝つかれなかった。こんな夜は母のいない寂しさが特に強く心身に迫ってくる。窓の外になにか凶悪なもののけが佇(たたず)んで、中の気配をうかがっているように感じられる。寂しさが恐怖を増幅した。

母は酒のにおいを帯びて帰宅することが多かった。家にいるときも時々順一の前で酒を飲んだ。

「お酒を飲むと、浮き世の憂さが忘れられるのさ」と母は順一に弁解がましく言った。

「憂さ」とはどういうことか、はっきりとはわからないながらも、自分が母の帰りを一人待ちあぐねている間の心細さのようなものだろうと、順一は幼いなりに理解していた。

母の飲んでいるお酒を飲むと、恐(こわ)くなくなるかもしれない。気がついたときは、母がいつの間にか帰って来ていてあの暖かい胸の中に抱かれているだろう。――

酒は目につく場所においてあった。順一は寝床から這(は)い出して、それを恐る恐る口に含んでみた。

口の中がカッと熱くなり、それを嚥(の)み下ろすと、熱の塊りが食道を下降していくのがわかった。間もなく全身が発熱したように熱っぽくなり、体が宙に浮いた気分になった。酒の〝初体験〟は強烈であった。

順一の耳から木枯らしが去り、寝床の中に転がり込むと同時に眠りに落ちた。夢の中でサイレンの音を聞いたような気がした。だが意識は睡魔の重しに縛りつけられていて身体が反応しない。深海の底から遠い海面の気配をうかがっているような塩梅である。なにか上の方で騒めいているなとぼんやり感じ取っているのだが、それを確かめたいともおもわない。

自衛本能も睡魔によって麻痺されていた。

2

順一の母親が夜の勤めから帰って来ると、家の方角が徒ならぬ気配であった。消防自動車が街中にサイレンをばら撒きながら駆け集まって来る。消防車の向かった先の空は赤く染まっている。弥次馬がその方角にわらわらと吸い寄せられている。それはまさに彼女のアパートのある方角であった。彼女は胸にズキリと痛みを覚えた。アパートには彼女の一人息子の順一が母親の帰りを待っている。

彼女は弥次馬と共に赤い空の方向へ走った。そして危惧が的中したのを確認した。隣家から発した炎は、彼女が住んでいるアパートを完全にとらえて、その貪婪な舌先でねぶり、味わいつくそうとしていた。火魔の宴はいまや酣であり、必死の消火活動をせせら笑いながら吹き募る強風に扶けられてその触手を伸ばしていた。避難した居住者の中に順一の姿はなかった。

「順一！　順一が中にいる。だれか助けて」

母親は絶叫した。彼女の部屋がある三階には火の手が回り、もはやだれの目にも絶望的に映った。弥次馬をかき分けて飛び出した彼女を消防士が制止した。

「奥さん、もう無理だ」

「子供が中にいるんです」

彼女は半狂乱になって訴えた。だがもはや為すすべはなかった。突然、彼女は消防士の制止を振りはらい、燃える屋内に飛び込んだ。

「危い！」追いかけようとした消防士の前に家屋の一部が火の塊りとなって崩れ落ちた。消防士がおもわずたじたじとなった間に、彼女の姿は炎と煙の中に消えていた。

「あ、あんな所にいるぞ」

弥次馬がどよめいて指さした三階のベランダに消防士の制止を振り切って飛び込んだ母親の姿が現われた。衣服や髪がくすぶり、惨憺たる有様であった。彼女は腕の中に順一をかかえていた。地上に救助ネットが張られた。

「ここへ投げ下ろせ」

下から消防士が叫んだ。彼女の腕から順一が投げ下ろされた。順一はかなり煙を吸い込んでいて意識がなかったが、生きていた。

「今度はあんただ、早く跳び下りろ」

消防士が地上から指示した。だが我が子を救うために体力と気力の悉くを費い果たしてしまったらしく、順一が無事にネットに受け取られたのを見届けた彼女はその場にくずおれてしまった。

「何をしてるんだ、早く」

下から消防士が声を振り絞ったが、もはや彼女の身体は動かなかった。救援の手が及ぶ前に火の手がベランダを包み、彼女もろとも燃料として盛大な燃焼をした。

順一はこの火災によって母を失い孤児となった。母のいる家庭ですら、寂しさに胸を咬まれた。所詮、母は父の欠損を補塡できないのである。だが彼は最後の拠り所である母すら失ってしまった。もはやどんなに待っても母は帰って来ない。ほのぼのとした暖かさに包まれてふと目覚めると、いつの間にか帰宅した母の胸に抱かれている、あの夢かうつつか見分け難い、しかも母の存在を現実の感触としてしっかりと感じられる幸せを、永久に失ってしまったのである。

順一は寂しさに自分を馴らそうとした。幼いながら、それが生きていくために必要な知恵であることを悟ったのである。寂しさを自分の日常としてしまえば、もはや寂しくない。

初めから頭上に屋根のない野生の植物のように自分を仕立ててしまえば、暖かい温室の中は別の星の世界として切り離せる。それは彼の本能的な自衛といってもよかった。

鎮火後、失火の原因の調査が行なわれた。火は隣りの洋品店の居住区から発して同家を全焼した後、アパートへ延焼したものである。同家とアパートは火災保険をかけていたので、火元や大家には実害はない。死者は順一の母親一人であった。遺族は幼い順一一人であったので、補償もうやむやにごまかされてしまった。

結局失火ということで火元の洋品店は二千万円、アパートの大家は六百万円の保険金全額の支払いをうけた。洋品店の家は戦前、アパートは終戦後間もなく建てられた、どちらも十分に使い古した建物である。近所の者は「火事で儲けた」と噂した。

この火事騒ぎがあってから半年ほどして、あれは放火ではなかったかという噂が密かに流れた。火元の洋品店は保険金で前より立派な店舗を新築して商売は一層繁盛しているようであった。噂はその繁盛に対する反動もあったであろうが、火元でありながら商品や金目の家財はすべて手際よく持ち出されていたことが疑惑を呼んだのである。

その後の調べによっても、台所、風呂場その他の場所からなに一つ出火の原因とみられるものは発見されていなかった。電気器具、ガス器具、漏電などによる出火は、どんなにひどい焼け跡であっても、調査によって発火地点を割り出せる。

だが警察は失火という線をくずさなかった。彼女は我が子を救うためとはいえ、自ら火中に飛び込んだのである。その死そのものには犯罪性はない。それを後から掘り起こして〝火中の栗〟を拾うような真似はしなかった。結局、噂だけで再調査は行なわれず、やがてその噂も消えた。

幼かった順一に事件の詳細はわからない。ましてや、警察にもわからなかった出火の原因を突き止めることなど彼にはできない。だが母を不当に奪われたというおもいは、彼の心に刻みつけられた。母は自分の命で順一の命を贖ってくれたのである。間もなく新築された洋品店とアパートが母の死体を土台にして建てられたような気がした。

その後、洋品店はますます繁盛して、個人商店から株式会社に組織替えした。アパートも買収して店舗も拡大し、支店を出した。洋品店だけでなく、スーパー、喫茶店なども手がけるようになった。

順一は、その洋品店の伸長を横目に見ながら成長した。親切な人々の厚意で高校を出、アルバイトをしながら大学を卒えると、現在の会社に就職した。査定員を志した素地に母の死があることは否めない。出火の原因はいまとなっては確かめようがない。だがその火災によって一人の人間が死んでいるのにもかかわらず、原因調査はあまりにも事務的であった。

ホステスの一人や二人が死のうと、世の中少しも変らないというような気のない調査であった。保険会社は放火の疑いをもっていたらしいが、警察が失火の線を崩さなかったので結局保険金を満額支払った。

千野が入社したのは、洋品店の火災の保険者になった会社である。特に意識したわけではなかったが、そのようなまわり合わせになったのである。千野はそこに因縁を感じた。あの火災には不明朗なものがある。証拠はないが、それが千野の心の痼となってこびりついている。彼にとってかけ替えのない母を奪った火災の原因が不明のまま残されていることは、心に負った債務となっている。この債務はいつの日か返さなければならない。いつ、どんな形で返すのか、自分にもわからないが、返さなければならぬ債務であると、自らに義務づけている。

つまり、千野は私怨から現在の職業を選んだといってよい。保険は大勢の人間が出し合った保険料によって成り立つ一種の〝安全保障〟である。保険金を狙った犯罪の被害者は保険料を払った者全員であるが、その損害は、契約者全員の数だけに分散されている。千野の母親のような場合は、これが保険金目的の放火であるなら、犯人としても〝予期せざる被害者〟であったであろう。

同じ保険金目的の犯罪の被害者でも、生命保険の被保険者が殺害されたケースと異なり、犯人の故意（犯意）は向けられていない。しかし、放火によって、焼死者が出るかもしれないという認識はあったはずである。出たら出たで構わないという結果発生の可能性を認識しながら結果の発生を否定していないのである。これを未必的故意として故意の成立を認めている。

犯人にとって殺す意志はなかったが、死んでも構わない人間、だが、その被害者は遺族にとってはかけ替えのない人間なのである。そういう犠牲者にかけるということは、それだけ保険が犯罪者にとって甘味な格好の獲物であるからであろう。事実、保険会社は警察の捜査に乗っている。警察の事故調査を下敷にするというより、それを鵜呑みにして保険金を支払う。

生命保険などは警察の事故証明に基づいてほとんど自動的に支払われる。保険会社に警察に匹敵する捜査力やもちろん捜査権のないこともあるが、警察をそれだけ信頼しているのである。

だが、千野は母が死んだときの警察の冷淡な態度を幼い心に刻みつけている。警察は犯罪または犯罪性の濃い事件は熱心に捜査をするが、事故の要素の強いものは、なるべく事故として処理したがる。下手に事件にすれば、人手を割かれるうえに検挙率に影響してくるからである。

車社会を反映して、交通事故を擬装した保険金目的の詐欺や殺人などは最も警察の網を潜りやすい。

千野は、自分が査定を担当したからには、警察の網を潜り抜けても逃がさないと心に決めた。保険金目的の犯罪者は、すべて母の仇であるとおもった。

3

千野の査定には定評があった。だがこのあたりが難しいところで、査定が厳しいという評判が立つと、保険金を払い惜しみするという悪評につながり、契約に影響してくる。保険事故発生に関わる不正は見逃さないが、保険金受取人や、被保険者に保険金を出し渋っているような印象をあたえてはいけない。

千野が扱った保険事故に次のような対照的な二件があった。

一つは火災保険事故で、木造瓦葺き二階家住宅一棟、延べ床面積百二十・五平方メートルが全焼したケースである。保険金は家屋に対して三百万円、家財に同額であった。建築されてから約四十年、木造住宅の簡易鑑別表による四級程度、再築価額を坪二十万として約七百三十万円、これに五十パーセント経年減価率をかけると約三百六十五万円となり、まずは妥当な保険金額であると考えられた。

だが調査を進めるうちに子供の証言から、火災発生時、「おじいちゃんの部屋の押入れから凄い勢いで煙が吹き出てきた」という事実が判明した。

なおも調査を重ねて、その家の百歳近い祖父が耄碌して、嫉妬妄想に陥り、家族の関心を惹くために放火した事実が明らかになった。

だが結局、保険金は支払われたのである。老人はその家が火災保険に入っていることを知らなかった。これが火災保険約款第五条の免責条項に、「被保険者と同じ世帯に属する親族の故意によって生じた損害。但し被保険者に取得させる目的でなかった場合はこの限りではない」と規定されている但書に該当したのである。つまり家族の放火によるものでも、保険金目的でなければ、保険金を支払うのである。

母を奪った火災保険事故の査定には特に厳しい千野であるが、百歳近い老父を刑務所に入れたくないために保険金を放棄してもかばおうとした家族一同のおもいやりに打たれたのである。

もう一つのケースは自動車保険事故である。深夜の国道で一台の外車がスピードを出しすぎて道路左側のガードレールに接触し、そのはずみに中央分離帯のガードレールまではね飛ばされ数回横転して大破した。運転していたのは東京の会社員で、同乗者は彼と親しいモデルである。男は即死したが、女は奇蹟的に顔に軽傷を負っただけであった。だが、女は、商売道具の顔に傷をつけられたとして損害賠償の請求を申し出た。このようなケースは、加害者と被害者の関係が赤の他人同士ではなく、被害者が加害者の車の〝好意同乗〟の無償同乗者という形になるので、過失相殺の適用など一つの制約が生ずる。千野は二人の間に肉体関係があるとにらんでいた。

賠償問題に関しての交渉中、女がふと漏らした。「事故の直前、道路の左側に公衆トイレを見つけた彼は車を一時停止させて立ち寄ったが、よほど迫っていたとみえてドアを急に開いたものだから、後続車に危うく接触されそうになった」と言うのである。

その言葉が妙に千野の胸に引っかかった。彼は早速マイカーを操ってその場所へ行ってみた。確かにその場所に公衆トイレがあった。車を停めて下りようとしたとき、千野は愕然とした。事故の真相が見えたのである。

男はドアを急に開いたために、後続車に危うく接触されそうになったという。つまり彼は右側に坐っていたのである。しかし、当該車は外車で運転席は左側にある。道路の中央にでも停車しないかぎり、ドアを急に開いても後続車に接触される恐れはない。運転席でハンドルを握っていたのは男ではなく、女の方だったのである。

女は目撃者のいないのを奇貨として、被害者と加害者の位置を入れ替えたのである。

千野にその矛盾を突かれたとき、女は不貞腐(ふてくさ)れて、

「なによう、どっちが運転していたっていいじゃないの。私はもうモデルはできないのよ。私に少しぐらいの保険金を払ったからといって保険会社が潰れるわけじゃないでしょう」と罵った。

この事故は運転者自身の受傷であるので自賠責では免責となり、保険金は支払われなかった。

住所不定の過去

1

　千野は新村明と、木谷義秋の身上を少し調べてみることにした。警察や消防関係は、保険会社の問い合わせを面倒くさがる傾向がある。彼ら自身はいつ保険の厄介になるかわからない身でありながら危険な職種のため〝引受規制物件〟や〝引受禁止物件〟として保険料率が高かったり、保険をかけられなかったりする場合(ケース)が多いからである。

　新村は秋田県能代(のしろ)市出身、地元の中学を卒業後神奈川県の自動車部品工場に集団就職して離郷したが、第一就職先は三か月で辞め、以後、各種店員、キャバレーのボーイ、ウエイター、運転手、船員などを転々として二年前から東京燻蒸に身を寄せて木谷と共に害虫インチキ駆除業をやっていたものである。これまで何人かの女性と不定期な同棲(どうせい)はした模様であるが、いずれも長続きはせず、現在に至るも独身である。——というものであった。

　一方の木谷は静岡県浜松市出身、東京のN大中退後、医療機械器具店に勤務して病・医院を回っていたが、五年後に独立、港区西新橋に医療材料店「木谷メディカル・サプライズ」を設立した。

　当初の間は開拓したコネクションを利用して順調であったが、日進月歩の医療用機器についていけず、しだいに衰退した。次に喫茶店に転業を図ったもののこれが失敗、以後、競馬予想屋とか、不動産の斡旋業、百科事典、ミシンなどのセールスマンを経て、三年前から現住所で害虫駆除業を〝開業〟した。

　東京燻蒸というもっともらしい社名をつけているが、実体も法人格ももたない幽霊会社である。〝社員〟は一昨年五月に、〝入社〟した新村一人である。新村が来る以前に何人か社員はいた模様であるが、インチキな営業についていけず、みな途中で辞めてしまった。新村だけが珍しく「居ついて」いた。両人がどこでどのように知り合ったのかわからない。なお木谷は五年前に前妻と離婚しており、現在の妻と五年前に再婚している。子供は前・後妻いずれとの間にもない。

　千野は、新村が東京燻蒸に〝入社〟した時期に興味をもった。一昨年の五月といえば、タクシー運転手殺害事件が発生する一か月前である。つまり新村も木谷も被害者の車内にシロアリと殺虫剤を残せる位置にいたことになる。彼らのどちらか、あるいは両人が犯人か。いやいまの段階でそこまで思考を進めるのは、飛躍である。

彼らあるいはその一人を犯人と仮定すれば、二千万円の大金を手中にしているから犯行後、必ずその影響が生活に現われているはずであると千野は考えた。

千野は犯行当時に溯(さかのぼ)って二人の生活を調べてみた。だが、どこにも大金が入った形跡はみられなかった。木谷の家は借家で身寄りのない老人夫婦が家主である。古いボロ家であるが、入居以来十年家賃は据えおかれたままである。その只(ただ)同然の家賃すら支払いが滞りがちなのである。

近所の商店に限度一杯までツケにするところがあったが、木谷の家にはすべて現金でなければ取引をしないほどになっている。その状態は事件発生前後から変っていない。

また新村は東大久保の安アパートにここ数年間借りしている。全室単室構成で、GW(ガス、水道)、WC共用のむしろ今時珍しいアパートである。仕事のないときは、部屋の中でくすぶっているか、近くのパチンコ屋へ行くくらいで、生活のパターンは一定している。大金の入った気配はどこにも見られなかった。

警戒して金を使うのを控えている可能性も考えられるが、事件発生以来すでに二年余経過している。警戒を解いてもよい時期であった。

二人とタクシー運転手殺害事件を結びつけようとしたのは、もともと無理であった。彼らと事件の共通項は、シロアリと殺虫剤の成分だけである。シロアリは全国に分布しており、殺虫剤もありふれている。シロアリ防除業者にしても、日本しろあり対策協会に登録されているだけでも少なくあるまい。もぐりの業者がどのくらいいるかわからない。

千野はおもい立って日本しろあり対策協会に電話をかけた。まずシロアリ防除業者の数について問い合わせる。

「登録業者は現時点で全国で七百八十七、東京都だけで七十二です」

相手は即座に答えてくれた。

「シロアリの防除業はお宅の協会に登録をしないとできないのですか」

「そんなことはありません。特別な法的規制がありませんので、営業は自由です。シロアリの防除業は監督官庁もはっきりしておらず、木材、また建物の害虫というところから全国の業者と学識経験者によって結成された当しろあり対策協会を建設省の認可団体として、ここに業者が任意で加入しているだけです」

「そちらの協会に加入するためには、なにか資格が要るのですか」

「当協会が行なう試験に合格したシロアリ防除施工士が一名以上いることが、正会員として登録される必要条件となっております。しかし、任意の資格ですから、別に試験に通らなくても、勝手に営業できるわけです」

「そこで先日報道されたようなインチキ業者が横行するわけですね」

「そうです。この仕事は一件やると相当な金になりますのでね、無資格無経験でも見様見まねでやっているのです」

「一軒やるとどのくらいの収入になるのですか」

「一坪当たり五千五百円から七千円ほどになります。仮に十坪を消毒しても五万五千円以上が入ってきます」

「薬を撒布(さんぷ)するだけでそんなになるのですか。ところで主たる防除剤はどんなものがありますか」

「これは沢山あります。協会が認定した薬剤ということになりますが」

「代表的な薬剤というものがありますか」

「それは一概には言えませんね、全部で二百ぐらいありますからね。大雑把に分類すると、予防剤、駆除剤、土壌処理剤となります」

「二百もあるんですか。その中の駆除剤で代表的(ポピュラー)な薬はありませんか」

「業者によって使用薬剤はまちまちですよ」

「アルドリンという薬はどうでしょうか」

その成分が殺害されたタクシー運転手の車内から検出されたのである。

「アルドリンですか。ドリン系の薬は公害防止規制で使用していません」

「使用していない？　いつごろからですか」

「ここ三、四年です」

「もぐりの業者が使用するということはありませんか」

「非協会員もおおむね協会認定の薬剤を使っているはずです。駆除剤としては有機塩素系の薬ですね」

「最後におうかがいしたいのですが、いま日本に多いシロアリの種類はどんなものがありますか」

「関東はヤマトシロアリ、関西地区はイエシロアリが多いですね」

日本しろあり対策協会に問い合わせたおかげで、また少し可能性が生じてきた。被害車両から検出されたシロアリ駆除剤は、業者においても使用を規制していることがわかった。もぐりの業者もほとんど協会認定薬剤を用いているという。すると、アルドリンを用いた者はかなり限定されてくる。

千野は、木谷が使用している薬剤の確認を急ぐことにした。警察に問い合わせて、木谷が〝白蟻詐欺〟に用いていた駆除剤はアルドリンであることが判明した。同時に、会社から専門家に分析を依頼した、千野が東京燻蒸で付着させてきた黄味を帯びた粉末はドリン系の薬剤と鑑別された。

千野は一歩迫ったのを感じた。

だが、新村の意識は相変らず曖昧であった。少しずつ良い方向に向かっているようであるが、いま一つはっきりしない。このまま意識が回復しなければ遂には死亡するという症例が多いので、まだ安心できない。

すでにタクシー運転手殺害事件の捜査本部は解散されている。事件の原因になった大金の忘れ主のOLは、国電ホームから転落死して死亡保険金が全額支払われている。いまさらそんな古い事件をほじくってもなんにもならない。この業界の言葉で言うならセトルした（カタがついた）事故なのである。

それはよくわかっていた。わかっていながら千野はのめり込んでいる自分を悟っていた。おそらくそれは彼の心に負わされた債務のなせるところであろう。

アジャスターとしての職業的カンと、母から託された債務が複合相乗して、シロアリの背後に潜んでいる不正の連環を感じさせるのである。

千野は、新村の人間関係を探ることにした。

2

追突事故に関しては、木谷義秋は共犯ではないと、千野はみていた。白蟻詐欺の共犯関係を擬装追突の共犯関係にスライドさせれば簡単に露顕してしまうであろう。木谷が仮渡金の請求をしたのも本当に金に窮迫していたからであろう。

ここのところシロアリ被害が少なく、シロアリ防除業も不景気で、金に詰まって苦しまぎれの白蟻詐欺を働いた形跡が見られる。金欲しさに〝二重の共犯〟を重ねたという可能性も考えられるが、木谷は酒気帯びと二十五キロスピード違反を二重に犯して九十日の免許停止処分をうけていた。追突事故は、この期間中に発生した。

これが保険金目的の巧妙に仕組んだ交通事故であるなら、免停者に共犯の重要な片棒をかつがせるのはいかにも危険である。

だが木谷がこの事故の〝関係者〟から除外されるとなると、共犯者は目的の保険金を取得できなくて歯ぎしりしているにちがいない。計画の青写真においては、〝加害者〟から損害賠償金を巻き上げた後、山分けする予定であったのだろう。

ところが、カモの勢いが強すぎたために、新村が本当の被害者になってしまった。いかに金が欲しくても、自分に金をくれと名乗り出るわけにはいかない。共犯者はやきもきしながら新村の症状の推移を見守っているにちがいない。見舞客を擬装して新村の容態を見に来ているかもしれない。

千野は入院中の新村から目を離してはならないことに気がついた。新村の様子は、事故直後と、その後一回しか見に行っていない。面会禁止の状態がつづいているので会いに行っても仕方がないが、見舞客を注目すべきであった。

木谷が詐欺容疑で逮捕されるまでは、彼とその細君が時々病院へ行っていた様子である。

新村は、最初収容された現場もよりの病院からK大医学部付属病院の外科病棟に移されていた。ここの脳神経外科は定評がある。

千野が病院を訪れると、新村の「面会禁止」は解除されていた。だが一々医者の許可の下に面会時間に制限をつけられている。記憶の障害は残っているものの、意識は回復したという。病室も、重患用病室から、一般患者用の四人部屋へ移されていた。

さりげなく室内を観察すると、枕元のサイドテーブルに果物籠と生花のブーケがあった。千野はそれの贈り主を知りたいとおもった。

新村は、血色がよかった。完全看護の病院の中で健康を完全に管理された生活を送っているためか、一見健康人のようである。外傷のない頭部の損傷だけに、意識を回復すると彼が死線を潜ってきたようには見えない。もともと頑健な体質なのであろう。筋肉質のがっちりした体格をしている。

新村は、千野に不審げな視線を向けた。彼にしてみれば、千野は初対面の人間である。千野は名刺を差し出して自分が彼の保険事務を扱うことを告げた。新村はよろしくお願いしますと殊勝に頭を下げた。

「ところでちょっとお尋ねしたいのです。事故発生時にあなたの車の前を走っていた車があり、それが急停止したので、あなたが追突を避けるために急停止して、後続車に追突されたということですが、あなたの前にいた車についてなにか憶えておりませんか。色、型式、ナンバーとか」

「事故当時のことはなにも憶えていねえな。頭がガーンとして、目から火花が散ったかとおもうと、目の前が真っ暗になってしまったんだよ。気がついたらここにいたんだ」

「追突される前は意識があったわけですから、憶えておられるはずですがね」

「それが事故の前に溯って、記憶がザックリ削り取られたみたいにねえんだな」

新村は途方に暮れたような表情をした。もし彼の言葉に偽りがなければ、頭部外傷に因る逆行性健忘症を発したのであろう。これは頭を強打して意識を失った人が正気に返ったとき、過去の体験を意識のない間から受傷時以前に溯っておもいだせない症状である。その忘失の程度は数時間、数日から、数年、前半生に及ぶこともあるという。

「おもいだせないとおっしゃいますと、どのくらいの期間ですか」

「そうだな、船に乗っていたことをおぼろげに憶えてる」

「それは五年も前のことですよ。あなたは東京燻蒸というシロアリの防除会社で働いていて、その仕事で車を運転中追突されたのです」

「事故の前に車を運転していたことは、なんとなく体が憶えているのだけど、自分がどこでどんな仕事をしていたのか、まったく記憶にないんだよ」

「木谷さんという社長の名も憶えていないのですか。その人があなたの入院中のすべての面倒をみていたのです」

「その人のことなら、あなたが来る前に警察から聞かれたよ。なんでもその人はサギをやって警察はおれも共犯じゃないかと疑っていたようだけど、おれはなにも知らない。サギでもなんでもいいからおもいだしたいよ。一体どうなっちゃったんだろうなあ」

新村は泣きだしそうな表情をした。失われた過去をなんとか取り戻そうと必死に手探りしているのだが、剝落した過去は指先にも引っかからず、途方に暮れているといった体である。

新村の表情は特に演技しているようにも見えない。しかし彼が船に乗っていたのは、五年前である。それ以後の記憶がないということは、二年前のタクシー運転手殺害事件と白蟻詐欺、および今回の追突事故がすべてその空白期間に入るということである。新村がこれらの関係人物であるなら、すべて都合の悪いことを忘れたことになる。

警察の取調べも、「記憶障害」の壁に阻まれた模様である。しかし、病院内での申し立てであるから信じざるを得ない。

新村の健忘は受傷時から五年ほど溯るもので、新しい記憶の方が強く侵されている様子であった。名前や五年以前に溯る生活史は憶えており、言葉遣いもたどたどしい個所はあるが、まずは尋常である。

「ところで加害者の北原さんは見えましたか」

「きれいな外国女が花と果物を届けてくれたけど、その人がカマを掘った車（追突車）に一緒に乗ってたと言ったよ」

花と果物籠はイリヤ・シルビアが届けたらしい。言葉に地金が出た。

「その他にだれかお見舞いに来ましたか？」

「だれか来たような気もするけど、よく憶えていない。まだ頭に薄い膜がかかっているようではっきりしないんだ」

新村の表情が疲労していた。医師から限られた制限時間を過ぎかけている。千野はもう少し突っ込んで質問したかったが、後日を期すことにした。

3

千野は新村の受持医師に面会を求めた。医師は短い時間であったが会ってくれた。医師の説明によると、新村のケースは頭部外傷による記憶の障害であり、受傷時より逆行して数年の記憶が侵されているという。ただし社会生活上の習慣や、学習した記憶は保たれているので、言葉や文字に支障はないそうである。新村の記憶はなおるかという千

野の質問に対して医師は、

「次第に快方に向かっております。頭部外傷による徴候は受傷直後に起きて比較的短時間で消失するのが特徴ですが、新村さんの場合は麻痺期が長かったので回復にも時間がかかるとおもいます。しかし、記憶は着実に回復しております」

医師に礼を述べて立ち去りかけたとき、受付けで「新村明さんの病室はどこでしょうか」と尋ねている女の声が千野の耳に入った。

それとなく声の方角をうかがうと、三十前後の化粧の濃い水商売風の女が菓子折のようなものを抱えて受付けの前に佇んでいる。受付けから今日の面会時間は終ったと告げられると、せっかく来たのだから、見舞いの品だけ届けたいとねばった。

受付けとしばし押し問答した後、見舞品をおいてくるだけという条件で許された。千野は、悟られないように女の後をつけた。女が新村の病室に入ると、「やあタマミか、あんたが来てくれるとはおもわなかったよ」

という新村の驚いた声が廊下へ漏れてきた。

「びっくりしたわよ、追突されて死にそうな怪我をしたって聞いたので」と答える女の声がした。

「このザマだよ。どうしてこんなことになったのか憶えていないんだ」

「なんでも頭を強く打ってボケちゃったと聞いたけど、私を憶えていたんだから安心したわ」

「おれのことだれに聞いたんだ」

「サワモトさんよ、ほら前に一緒に船に乗っていたと言ったでしょ。あの人と街で偶然出会ったのよ」

「サワモトがどうして知っているんだろうな」

「あなたがボケちゃったので困ったとしきりに言ってたわよ、あなた、またあの人と組んでよからぬことをやってるんじゃないでしょうね」

「人聞きの悪いことを言うなよ。サワモトなんかここ数年会ったことも……ちょっと待ってくれよ。なんか引っかかるな」

「何が引っかかるのよ」

「サワモト、サワモト、奴となにかあったような気がするんだ。頭の皮のすぐ下まで来ているんだけど、おもいだせないんだよ。無理におもいだそうとすると、頭が痛くなる」

「無理におもいださなくてもいいのよ。どうせ私には関係ない人ですもの。でも元気そうなので安心したわ。受付けですぐ帰るようにと言われているの。また来るわね」

　女の立ち上がる気配がした。千野は慌てて病室の前から離れた。

　千野は、病院から女の後を尾けた。漏れ聞いた会話から、女は新村と深い関係があったことが推測される。新村が憶えているところを見ると、数年前の関係のようである。新村は以前何人かの女性と半同棲関係にあったことがわかっているので、彼女らの一人かもしれない。

千野は、新村と女との話題に上った「サワモト」という人物に興味をもった。彼女はサワモトと「また組んでよからぬことをやってるんじゃないでしょうね」と言っていた。またということは以前にも悪事を働いていた事実を示すのではないのか。前に一緒に船に乗っていたそうであるが、新村は「サワモトとは数年会ったことも」と言いかけて、サワモトの記憶になにかのこだわりがあることを示唆した。サワモトに関する記憶は「健忘」の範囲の中にあり、「頭の皮のすぐ下まで来ていながらおもいだせない」のである。

千野は、新村とサワモトの関わりが最近のもののような気がした。最近、すなわち、追突事故に関わっているのではないのか。すなわち、A車の運転者として。だからこそ「新村がボケて」分け前がもらえず「困っている」のではないのか。

千野は女に声をかけたい気持を抑えて尾行した。うっかり声をかけて警戒されたら、素姓や住所を確かめられなくなる。彼女は、現在のところ、サワモトに至る唯一のルートなのである。

女は恵比寿(えびす)駅から近い小さなマンションへ入った。管理人はいない。彼女は有難いことに玄関脇の集合メールボックスを覗き込んでいった。女の姿が階段の上へ消えるのを待って、メールボックスを確かめる。「304号丸山玉美」とそのボックスには書かれてあった。千野はそのナンバーと名前を頭に刻んでマンションを出た。

4

丸山玉美は渋谷道玄坂のバー「マ・ベル」という店に勤めていることがわかった。数日後千野は客を装ってマ・ベルへ行った。カウンターとボックスが三席ほどしかない小さな店で、カウンターの中にはバーテンダー、店内にはホステスが、三人いた。この手の店が忙しすぎもせず、またさして閑でもない時間帯の九時頃を狙って行ったのだが、ボックスはすでに満員であった。

カウンターに坐り、水割りウイスキーを注文してしばらく店内の様子をうかがう。

「あら、こちら初めてね」

中年の顔の平たいホステスが近づいて来た。目当ての玉美はサラリーマン体のグループの席に侍っている。店ではけっこう売れているらしい。

「友人に紹介されてね」

千野は軽くいなした。

「あら、どなたの紹介かしら」

「玉美さんという人を紹介されたんだ」

千野は横目で玉美の方を探りながら言った。

「あら、私じゃなかったの、残念だわ。いま呼んであげるわね」

女はさらりと言って、玉美の方へ行き、耳打ちした。店でも「タマミ」という名前で出ているらしい。玉美が面を上げて千野の方をうかがい見た。千野と視線が合うと、にっこり笑って席を立ってきた。

カウンターに隣り合って坐ると、

「私を名ざしでいらっしゃってくれて嬉しいわ。どなたのご紹介かしら」と横顔を寄せるようにして言った。

病院で出会ったときは、その派手な化粧が場ちがいに映じたものであるが、このような環境では造作や衣装に施された強調がむしろ平凡な素質に別の生命を吹き込んだように生き生きと見える。

柔らかく脹らませてソフトなカールを打たせながら作為的に乱した髪は、顔の輪郭をぼかし、女の表情を謎めいたものに仕立てている。

薄暗い照明の下で、どぎつい化粧も中和されるというより、その本領を発揮して、女の正体を隠し、男の目好みに女の妖しさを強調している。

玉美は、夜の職業に長く就いている間に、自分自身を夜に合わせて〝改造〟してしまったような女であった。

花火や七夕の飾りが夜において精彩を発揮するように、夜に強い人工美を完全に自分のものとして、それを武器にしている。千野はそんな印象をうけた。

「さあ、だれかな。当ててごらん」

千野は誘導した。

「気になるわね。サカグチさんかしら」

「知らないなあ、そんな人は」

「それじゃあオダさん！」

「いいや」

うまいこと彼女は誘導に乗ってきた。

「まさかあの人じゃないでしょうね、彼にはこの店に勤めていることを教えたかなあ」

彼女は真剣に考え込んだ。

「あの人なんてお安くないね。案外あの人かもしれないよ」

「いえ、あの人じゃないわ。あの人、私がこの店にいること知らないもの」

「最近教えた人がいるだろう」

「最近……まさかサワモトさんじゃないでしょう」

意外に目当ての名前がずばりと女の口から出た。

「ご名答！　そのサワモトから一度この店へ行ってやってくれと言われたんだ」

「あの人意外に義理堅い所があるのね。自分が来ないものだから、あなたを代理に来させたのかしら」

「えっ、本人は来たことないのか」

「来ないわよ、ねえサワモトさん、いまどこにいるのか教えて」

せっかくのいい調子が変な具合になってきた。

「きみはサワモトがどこにいるのか知らないのか」

「知らないわよ。街で偶然出会って、いまどこにいるんだと聞くからこの店を教えたんだけど、本人は、住所不定だってごまかしていたわ」

「住所不定か、実はぼくも知らないんだよ。先日、偶然国電の中で出会って、ちょっと話をしただけなんだ。高校の同窓でね」

「あら、あの人高校出ていたかしら」

「出たかどうか知らないけど、一、二年までは一緒にいたよ」

千野は咄嗟にごまかした。玉美は深く詮索もせずに、

「今度また出会ったら是非一緒にいらしてね」

「おい、タマちゃん。カウンターばかりでなくこちらにも少しは美しき（うるわ）ご尊顔を拝まし

てくれよ」

このときボックスの客から声がかかった。売れっ子を独占している千野に向ける言外の非難があった。

丸山玉美もサワモトの住所を知らなかった。彼は玉美に「住所不定」だと言ったという。本当に不定なのか、それとも住所を明らかにしたくない事情があったのか。もし後者の場合であるなら、それは新村の追突事故となにかの関係があるのではないか。

想像は勝手に脹らんだが、具体的な結像をしない。

新村明の保険事故をここまで追って来たものの、壁に阻まれた。新村の記憶が完全に回復すれば、彼の背後にいる共犯者（？）も姿を現わすかもしれない。すべては新村の回復を待つしかない。だがそれまでに保険金目当てのデッチ上げ事故であることを証明しないかぎり保険金は支払われてしまう。

千野は捜査権のない査定員の限界を感じた。

連続沈船(タマチン)リスト

1

サワモトの行方は杳(よう)として知れなかった。共犯者は、新村の記憶障害に分け前金の請求をあきらめてしまう可能性も考えられる。だがその場合でも新村に会って障害の程度を確かめるはずである。

新村が共犯者と犯罪そのものの存在を忘れていたなら、分け前の要求のしようがあるまい。記憶のあやふやな人間に対して共犯を名乗り出るのは危険この上ない。

サワモトを共犯者と決めつけるのも危険である。サワモトが浮かび上がったのも、新村と玉美との会話の断片からにすぎない。

それ以外に彼をA車に結びつける資料はないのである。

千野の調査にもかかわらず、デッチ上げ事故の証拠をつかめず、保険金は全額支払われた。保険金が支払われた後、保険金を狙った犯罪が証明されたとき、保険会社は保険金返還請求権をもつが、ほとんどの場合保険金が費消された後で戻らない。

疑惑は残っていたが、A車の行方は不明であり、AB車間の共謀関係を証明できなかった。

新村明の症状は軽快していたが、いまだに記憶の障害は受傷前に溯って数年間残っている。これが仕組まれた犯罪であったにしても、新村が痛いおもいをしただけで犯罪利益がなかったわけである。

白蟻詐欺に関しては、新村の記憶障害のために、新村については起訴猶予となった。だが千野は新村から目を離さなかった。必ず共犯者（A車の運転者）が接触してくるはずだとおもっていた。

共犯者ははたしてサワモトか。だがサワモトが新村を訪ねて来た形跡はない。その後千野はマ・ベルの丸山玉美の許にも何回か行った。

「その後、サワモトは来たかい」

千野はさりげなく探りを入れると、

「全然よ。一体どこをほっつき歩いているのかしらね」

「手が後ろへ回るようなことをやっていなければよいがね」

彼女の「よからぬことをやっている」という言葉の断片から誘導訊問(じんもん)の糸を引いた。

「あら、あの人そんな危(やば)いことやってるの」

「彼は昔から一発屋だったからな。きみもそんなことを言ってたじゃないか」

「私は新村から聞いたのよ。あいつは悪(ワル)だから気をつけろ、女にも手が早いと言ってたわ」

「新村とサワモトが組んでなにかやってたんだろう」

「さあ、よく知らないわ」

「そんなことをきみは言ったよ」

「あら、そうかしら。とにかくよいお友達でないことは確かね。あなたも一味だったんじゃないの」

「一味なんて人聞きの悪いことを言って欲しくないね。昔の同窓生というだけの誼(よしみ)だよ」

「それにしては興味をもっているじゃないの」

誘導訊問はここで止まった。これ以上聞くと警戒されてしまう。玉美自身サワモトについてはよく知っていなかった。

2

都会のマンションは無気味である。同じ屋根の下にどんな住人がいるかわからない。職業、年齢、性別、思想、信条、出身地、宗教あるいは国籍などまで異にする人たちが同じ屋根の下で生活を共にしている。しかも住人たちはそれらを異にしているという事実すら知らず、また知ろうともしない。

団地やマンションを〝西洋長屋〟と呼んだ人がいるが、長屋には住人相互の間に隣人としての連帯があった。だがマンションにはそんな連帯は一片もない。何年も隣り同士に住んでいながら、たがいに顔も知らないということもあり得る。

同じ〝西洋長屋〟でも団地となると、入居者に平均的サラリーマン家庭が多くなり、生活の平均性を軸にして多少の連帯が生ずる。だがマンションにはそれもない。

〝西洋長屋〟の唯一の連帯の軸であった平均性と規格性がマンションから失われて、なんの共通項ももたない人たちが、四方八方から寄り集まって来る。団地とちがって生活時間帯もまちまちである。生活時間はおおむね夜の方に傾斜しているといってよい。これが団地との著しい差違である。

九月十三日未明、中央区築地(つきじ)六丁目のマンション「エスタ・カチドキ」の住人佐川照夫はほろ酔い気分で帰って来た。エスタ・カチドキはその名のように勝鬨橋(かちどきばし)の畔(ほとり)にあり、隅田川に面している。十四階建約三百世帯が入居している。

佐川の部屋は十階で北面を向いている。都心からの地の利と、銀座方面の眺望のよいのが取得である。

二流商社に勤めている彼は、業者の接待後、六本木へ流れて、帰りが遅くなった。床柱を背負った相手の接待は神経を磨り減らしてしまい、そのまままっすぐ家へ帰る気がしない。六本木でストレスを発散して、明け方近くなってようやく帰って来た。

夜行性のマンションの居住者も、さすがにこの時間帯になるとおおむね帰宅して就寝したとみえて、ほとんどの窓の灯は消えている。

マンションの建物の前面に沿って縁取花壇が設けられ、季節の花が咲いている。緑の少ないこの地域に設けられたせめてもの人工の彩りである。

だが消灯された建物の前面は闇の底に沈み、せっかくの彩りも見えない。入口前の車回しに沿ってタクシーが旋回するにしたがい、ヘッドライトの光が、灯台の回転光のように束の間闇の底から花壇の花を浮き上がらせる。

「あれっ」

下車の支度をしていた佐川が頓狂な声を出した。

「どうかしましたか」

運転手が聞き咎めた。

「いまそこの花壇にだれか寝ているように見えたんだが」

「花壇に人がですか」

「そうだよ」

「目の錯覚じゃありませんか。花見の季節じゃあるまいし」

　運転手は気にもとめない。

「きみ、すまんがもう一回車回しを回ってくれないかな。どうも気になる」

　佐川は後方の窓から暗いあたりをうかがった。

「お客さんかんべんしてくださいよ。もう帰庫時間を過ぎているんです」

「頼むよ、五百円上乗せする」

　運転手は渋々もう一度車回しを回った。

「ゆっくり行ってくれ。そこだ！」

　ライトの先を凝視していた佐川が叫んだ。ライトが花壇の中に長々と寝そべっている人影をとらえていた。半信半疑であった運転手も自分の目で確かめて、

「本当だ、酔狂な人もいるもんだねえ」

　と呆(あき)れた声を出した。

「ちょっとここで停めてくれ」

　佐川が言うと同時に、運転手はライトを人影の方向に固定した位置に自分の意志で停車していた。佐川は車から下りると花壇の中に踏み入った。声をかけようとして立ち竦(すく)んだ。ヘッドライトの照明の中で、その人影は寝ているのでないことが一目で見分けら

れた。

佐川の異常な気配を悟って、運転手が問いかけてきた。

「お客さん、どうしました」

「き、きみ、警察だ」

佐川の震えを帯びた声に、運転手は何が起きたかを敏感に悟った。

築地署に客とタクシー運転手が変死体発見の知らせを〝駆け込み訴え〟して来たのは、築地署としても初めてのことである。発見者が慌てていたからでもあるが、現場から警察が近く、発見者に〝機動性〟があったせいもある。

未明の最も深い眠りの底にあったマンションは、時ならぬ警察の騒然たる気配に夢を破られた。だが眠りを妨げられたものの、様子を見に起き出して来た住人は、ごく一部にすぎなかった。

住人は、パトカーや救急車のサイレンに不感症になっている。寝床から起き出して来た者も、精々ベランダから様子をうかがっただけである。

警察が出揃(でそろ)って現場の見分が始まったころ、薄明るくなってきた。死体は高所から墜落しての全身強打の状況を呈していた。花壇は、十四階建マンションの前面に沿っている。係官の目は当然マンションの建物の上方に向けられた。死体のあった位置は、マンション建物の上方と結んだ垂線の下端である。墜落した体はいったん花壇の縁取舗石(しきいし)に当たってバウンドした後花壇の中に転がり込んだらしく舗石の一か所に血痕が認められた。

死者は年齢三十歳前後の男で、日焼けした皮膚をもつ肉体労働者風である。唇の右下に小さなホクロがある。よれよれのジーパンとジャンパー、すり切れた運動靴を履いている。所持金は三千円弱、他にポケットに中身が三本残っているハイライト、百円ライター、映画館の半券、スポーツ新聞それだけである。身許を示すようなものはなに一つ身に着けていなかった。

死体を見分したかぎりでは、事故か他為死（たいし）かわからない。検死の第一所見では死因は墜落ショックによる全身打撲であるが、墜落の原因を確かめるまでは、事故か犯罪に基因する死か断定できない。創傷に生活反応が認められ、死体を突き落としたのでないことは確かであった。

係官は墜死者が落下したと推測される垂線をまず屋上まで溯り、そこから調査を順次下降させることにした。だが屋上を調べた係官は、そこから下方（垂線上に位置する各戸）を当たる必要がひとまずなくなった。

屋上は居住者のための物干場になっており、周囲に転落防止のフェンスがめぐらされていた。そして死体の位置に相応する垂線上端のフェンスの一部が壊されていたのである。墜死者がそこから落ちた状況を物語る痕跡であった。

詳細は解剖を待たなければならないが、死者の全身にうけたショックからみても十四階の屋上からの落下に見合う損傷である。

死者はマンションの住人ではなさそうである。管理人のいないマンションなので、部外者が自由に立ち入れる。まだ確認されないが部外者が外からふらりと入って来て、自殺の場所に選んだといった状況である。身許不明の風来坊が外部から屋上に上がり込んで、飛び下り自殺をしたというニュースに住人たちは眉をひそめた。彼らは「高島平」の二の舞を恐れたのである。いったん「自殺名所」の噂が立つと全国から自殺志願者が集まって来る。ここは高島平より都心に近く、はるかに地の利がよい。そんな名所にされてはたまったものではない。

だが警察はまだ「自殺」と断定したわけではなかった。警察が引っかかったのはフェンスである。フェンスを壊さずともいくらでも空間に投身できるのである。それをここから飛び下りましたと広告するようにフェンスを壊したのが、わざとらしい。広告したということは、つまりそこから飛び下りなかったことを示すのではないか。

屋上以下の高層階から投下しても死体の損傷に見合う程度の衝撃力は得られる。屋上の痕跡が工作であるなら痕跡直下の高層階の各部屋が怪しいことになる。初期捜査が進むうちに夜が明けてきた。早朝出勤の住人たちの姿がチラホラ見えてきた。まだ現在の段階では自・他殺のいずれとも判明していない。

約三百戸一千名を超える居住者のいるマンションを封鎖することはできない。それにこれが部外者による犯罪であると仮定しても、警察が介入して来るまで犯人が現場に留まっているとはおもえない。同時に犯人が居住者である可能性も大きい。

警察はマンションから出て行く人たちに事情を告げて名前と素姓を確かめた。

現場と屋上の検索と並行して、花壇に面するこの両点を結ぶ垂線上の部屋の居住者を中心に捜査された。夜の仕事の多い人たちだけにまだ床の中にいる者が多かった。

彼らは寝ぼけ眼で起きて来たが、事情を告げられると、不承ぶしょうに協力した。垂線上およびその左右の居住者は、墜死者をまったく見知らぬ人間だと申し立てた。三階以下の低層階からでは死体に見合う損傷ができないが、警察の調査は低層階の居住者にまで及んだ。

捜査の輪は広げられ全棟にわたった。だが全居住者が墜死者について心当たりがないと申し立てた。

墜死者は居住者ではなかった。外部から入り込んで来て殺されたか、あるいは自殺を図ったものであることが判明したのである。だが依然として、自・他殺の別、死者の身許は不明のままである。死体は解剖に付される一方、築地署に自・他殺両面の準捜査本部が開設された。墜死者の顔写真、特徴等が報道された。

翌日死体解剖の結果が出た。それによると直接の死因は、墜落の衝撃による頭蓋骨骨折、死亡推定時刻は九月十三日午前一時頃から三時頃の間、自・他殺の別は不明、死体には抵抗や格闘による創傷は認められない——というものである。

3

千野順一がマ・ベルへ行くと、他の客に侍っていた丸山玉美がまっすぐにやって来た。

「千野さん大変よ」

玉美はこわばった顔で告げた。

「サワモトさんが死んだわよ」

「サワモトが死んだ」

「昨日の新聞みなかった」

「みたけど、気がつかなかったな」

「築地のマンションの屋上から身許不明の男が墜落して死んだという記事が出ていたけど、その人の写真がサワモトさんだったわ」

「きみ、それ本当か」

千野は玉美の方へ向き直った。そう言えばそんな記事があったような気がするが、関係ないこととして詳細は読み過ごしてしまった。

「本当よ。写真が出ていたわ。サワモトさんにまちがいないわ」

「死体の写真が出ていたのか」

「まさか。修整したんでしょ。そのせいか、少し様子が変って見えたけど、特徴ははっきり出ていたわ。記事の中の三十歳から三十五歳くらい、唇の下にホクロがあって日焼けしており、一見肉体労働者風という特徴にも合っていたわ」

「どうして死んだんだい」

「マンションの屋上から墜落したと言ったでしょ」

「だからどうして墜落したんだ」

「そんなこと知らないわよ、警察がいま調べていると書いてあったわ」

「サワモトはそのマンションに住んでいたのか」

「いいえ、外から入り込んで来たみたいよ。警察には名前も身許もわかっていないようよ」

「身許を示すものを身につけていなかったのか」

「そうみたいね」

「それできみは警察に報せてやったのかい？」

「なぜ私がそんなことをしなければならないのよ。私、警察嫌いだもの」

「しかし、きみはサワモトを知っているんだろう。名前や素姓ぐらい報せてやってもいいじゃないか」

「なに言ってんのよ。あなたこそ同窓生なんでしょ。あなたのほうがよく知っているんだからあなたが報せてやればいいじゃないの」

玉美に言われて、千野は言葉に詰まった。彼女に吐いた虚言がこんな事態に至って抵触してくるとはおもわなかった。

千野は、その場はいったん引き揚げて、件の報道を確かめることにした。家に帰ってその記事を確認した。

「この男がサワモトか」

千野は改めて新聞に掲載されている写真を見た。一見平凡な相であるが、よく見ると酷薄な凶相である。死んだ人間の顔写真を報道用に修整したのであろうが、そのために感情を捨象した能面のような無表情が強調されている。

記事によると、警察は、彼の墜落の原因に疑問を抱いて調査をしているということである。新聞にははっきり書かれていないが、警察が調べているという事実はサワモトの死因に犯罪の疑惑があるからであろう。

そうだとすれば、サワモトがなぜ殺されなければならないのか？　千野は新聞をにらんで考え込んだ。

墜死者はマンション屋上から自ら転落したか、あるいは何者かに突き落とされた状況である。これを突き落とされたと仮定すれば、彼はなぜそんな深夜に無関係のマンションの屋上に上って行ったのか。犯人におびき寄せられたとすれば、どんな口実が用いられたのか。また犯人の動機は何か。

千野は、サワモトの死と新村の追突事故を結びつけられないものかと考えてみた。前にサワモトをA車の運転者と考えてみたのであるが、その延長としてサワモトの死を置いてみたのである。

しかし、両者の共犯関係を知られて最も都合の悪い人間は新村である。それも共犯者を殺害してまでも確保しなければならないほどの犯罪利益ではない。仮に新村にとっては殺人を犯すに値する利益であったと仮定しても、犯行時間帯に彼は記憶に障害をうけたまま病院のベッドに縛りつけられていたのである。

サワモトの死因に犯罪性があるとしても、新村は直接関係あるまい。サワモトは尾羽打ち枯らしていた状況であったから、なにか他の筋のよからぬ仲間とつき合っていて消されたのかもしれない。

だが、どうもサワモトの死が千野の胸に引っかかっていた。サワモトの身辺を探れば、なにか出て来るような気がしてならない。千野は彼の死因を二年前のタクシー運転手殺害事件に結びつけたがっている自分に気がついていた。「他の筋のよからぬ仲間」とは、あの事件の仲間、あるいは共犯者ではないのか。そして新村もそこに一枚嚙んでいたのではあるまいか。

すべては、玉美の「またサワモトと組んでよからぬことをたくらんでいるのではないのか」という言葉の断片から発した千野の臆測にすぎない。そしてその臆測を確認するすべを彼はもたない。なんとかしてサワモトの素姓を明らかにしないことには取り付きようがなかった。警察も熱心に調べているようであるが、まだなんの手がかりも得ていない模様である。サワモトという名前だけでも得ている千野のほうが警察よりも一歩先行しているといえる。

現時点で、サワモトについて最も知っている人間は玉美である。だが彼女には千野はサワモトの高校の同窓と言ってしまったので、いまさら尋ねられない。

おもいあぐねた末、千野はよい手をおもいついた。幸い管轄の築地署には、ある保険事故で親しくなった刑事がいた。

千野は築地署の岡田刑事を訪ねて行った。都合のよいことに彼は身許不明者マンション墜落死事件の担当になっていた。千野は岡田にサワモトとの関わりと、彼に関する自分の臆測を述べた。岡田は熱心に聞いてくれて、十分興味を盛り上げられた表情で、

「それではその丸山玉美という女性がホトケの身許をより詳しく知っているとおっしゃるのですな」

と念を押した。

「少なくとも私よりは知っているはずです」

「大変たすかりますよ。早速彼女を呼んで聞いてみます」

岡田は気負い込んでいた。ようやく死者の身許についての手応えのある情報が入ってきたのである。事件発生以来、マスコミの協力と共に、ポスター十万枚を作製して全国の警察署、派出所、駅、映画館、公衆浴場などに配付してきたが、これまで寄せられた情報は人ちがいや虚偽情報（ガセネタ）ばかりであった。

捜査の第一歩は、死者の身許調べから始まる。身許が割れないことには捜査にならない。立ち上がりから難航していた捜査の方向に一個の標的があたえられた観があった。

早速丸山玉美に事情が聴かれた。玉美は突然警察に呼ばれて驚いた様子であったが、素直に取調べに応じた。彼女の供述によると、死者の名は沢本晴夫。新村明が自分と同年輩ぐらいと話していたことから三十二、三歳と推定される。五年前に根室の「第三共立丸」という船に新村と乗っていた模様。玉美は新村が船から下りた後、彼と一年半ほど同棲していたが、何年ぐらい船に乗っていたかはわからない。

「沢本は新村の所によく遊びに来たのですか」

岡田は尋ねた。

「そんなでもないけど、時々来たわ」

「何回ぐらい来ましたか」

「そうね、私が新村と一緒にいた間、五、六回来たかしら」

「すると一年半に五、六回というわけですね」

「私が家にいない間にも来たかもしれないわ」

「来て何をしたのですか」

「何もしないわよ。お酒を飲みながら無駄話ばかりしていたわ。私、面倒だったので、あんまり相手をしなかったから」

「どんな話をしていましたか」

「船のおもい出話が多かったみたいね。あの頃は面白かったな、もうあんな儲け口はないかなんて言ってたわ」

「ほう、儲け口と言ったのですか、漁船ってそんなに儲かるものなのですか」

刑事の目が光った。

「きっと大漁だったんでしょう」

玉美はこともなげに言った。彼女には刑事の眼光の意味はわからない。

「ところであなたと同棲、いや一緒だった当時、新村さんは何をしていたのですか」

「なにもしていないわよ。ほら、世間でよく言うヒモよ。パチンコをやったり競馬へ行ったり気楽なご身分だったわ」

「沢本は何をやっていたのですか」

「知らないわ。でも定職はなかったみたい」

「新村さんとはどうして知り合ったのですか」

「当時勤めていた銀座の『黒馬車』という店のお客だったのよ。そのころ金回りがよかったとみえて札ビラ切って格好よかったわ。男の格好なんて当てにならないわね」

「金回りがよかったというのは、船に乗っていて蓄えた金ですか」

「多分そうでしょうね」

「あなたと一緒に住んでいた間に、いまの会社へ入ったのですか」

「別れた後よ。あんまり甲斐性がないので、私が愛想づかしをして出て行ったの。でも怪我して一人で病院で寝てると聞くと可哀相になって見舞いに行ってあげたのよ。甘いわね」

「だれから聞いたのですか」

「沢本さんよ。街で偶然出会ったのよ」

「そうでしたな」

その後の経緯は千野から聞いている。ともあれ丸山玉美の証言により墜死者の身許は、沢本晴夫、根室の「第三共立丸」という船に五年前に乗っていた事実が判明したのである。これを手がかりに捜査本部は沢本晴夫の身辺をさらに掘り下げることになった。

4

沢本晴夫は、根室の第三共立丸という雑刺網漁船に乗り組んでいた事実がわかった。現地の漁船組合に照会して、沢本が確かに昭和五十×年四月から翌年三月にかけて同船に甲板員として乗船していた事実を突き止めた。

第三共立丸を所有していた根室市昭和町立花水産は現在倒産しており、第三共立丸も五十×年八月十八日国後島ルヨベツ岬の近くで座礁沈没している。乗組員は僚船によって全員救助された。

立花水産は第三共立丸一隻だけをかかえた根室の零細水産会社であったが、同船の沈没によって倒産した。

社長兼漁労長の立花寿人は一昨年脳卒中で故人となっており、同社の従業員は散ってしまった。三百トン未満の小型船の乗組員はおおむね船長か漁労長の個人的なコネクションによって集められる。船長、機関長は船舶職員法による海技免状を必要とするが、甲板員、調理員などの普通船員はそれを要さないので、陸でアブれた連中が安易にかき集められて乗り込んで来ることが多い。

沢本晴夫に関する古い消息は、第三共立丸が所属した根室市の海員組合にわずかに残っていた。同船が出漁に際して同組合に提出した乗組員名簿に彼の名前があったのである。同リストに新村明の名も見出された。両名共、第三共立丸最後の出漁に乗り組んだ〝臨時船員〟であった。

沢本晴夫がどのような契機から第三共立丸に乗り組んだか、同リストからではうかがい知れない。沢本晴夫の身上調査は、そこで停まった。海員組合では、沢本が第三共立丸に乗っていたという事実が確かめられただけで彼の出身地や家族関係、身上などいっさいわからない。

第三共立丸の船長の深田洋は青森県弘前(ひろさき)市出身乙種二等航海士の資格をもっているが、現在の行方は不明である。また同船に乗り組んでいた機関長山岡隆平は同船沈没後同年十一月十五日択捉島(エトロフ)ポンノボリ崎沖で十トンの小型船でタラ漁の最中、領海侵犯でソ連監視船に追跡され、逃走中監視船に追突されたはずみに海に落ちて行方不明になってしまった。

沢本晴夫の身許調べは「根室止まり」であった。この情報が千野にもたらされたとき、彼はある違和感を覚えた。職業によって培われた嗅覚が、この一見平凡な海難事故に潜む異常な気配を嗅ぎ取ったといってもよい。

千野は、その情報を下敷きにして、さらに第三共立丸の事故を詮索した。その結果、奇妙な事実を発見した。

第三共立丸は、遭難する七か月前に立花水産が買った中古船というより老朽船である。六十トン雑刺網漁船で、立花水産は同船の購入と前後して設立された。第三共立丸は海難時約七千五百万円の船舶保険をかけていた。海難発生後二か月の間に保険金は全額立花水産に支払われている。

つまり立花水産は海難による損害を保険で塡補されており、倒産することはなかったのである。千野の嗅覚にしきりに臭うものがあった。これは典型的な船舶を利用した保険金詐欺の手口ではないか。

保険金詐欺は契約後三か月から半年以内、掛金を一、二回支払った後事故を起こすケースが、全体の六六・七パーセントとなっており最も多い。しかも船舶保険詐欺は、九十トンから精々千トン止まりの小―中型の老朽船を使う。このサイズの船なら機関室に浸水させるだけで簡単に沈む。大型船になると、乗組員も多く、構造も複雑になってくるので故意に沈めるのは難しいが、この手の船ならバルブ一本を抜くだけでいともあっさりと沈むという。

積んでもいない幽霊積荷に、積荷保険を上積みしていても、証拠をつかめないのでみすみす保険金を取られてしまう。

保険会社も第三共立丸の沈没には当然疑惑をもったはずである。だが沈没した現場はソ連領海内である。ソ連領海内では十分な検証ができなかったであろう。それを見越して事故を起こしたのではないのか。

事故の後、船主は故人となっており、機関長と船長の深田洋は現在居所不明である。つまり事件の関係者はいずれも死んだか、居所不明となっており、ただ一人消息が明らかな新村明は記憶に障害をうけている。

千野の脳裡に次第に醗酵してくるものがあった。

新村と沢本は、〝大変な船〟に乗り合わせていたのである。彼らが言葉の端に漏らした「儲け口」とは、この事故のことを指すのではあるまいか。第三共立丸の海難が保険金を狙っての仕組まれた事故であったなら、二人も共犯として相応の分け前をもらったはずである。二人ともそのときの甘い味が忘れられずに陸へ上がって金を費い果たすと、昔のボロ儲けを懐しがった。

丸山玉美と知り合ったころの新村は金まわりがよかったそうである。その金が沈船詐欺による分け前ではなかったのか。しかし陸には、海のような甘い金儲けの種は転がっていない。海とちがって証拠を海底に沈めるわけにいかない。

考えてみれば、新村が片棒をかついだ白蟻詐欺も、追突詐欺（未確認）も沈船詐欺の延長にあるようである。

追突詐欺の共犯をタクシー運転手殺害事件に溯って求めようとしたのであるが、さらに古い沈船詐欺まで溯れないことはないのである。すなわち、沢本は沈船詐欺の延長線上で殺されたと考えられないか。沈船詐欺の一味の間で、沢本に生きていられては都合の悪い事情があり、口を封じられた。

ここまで思考を煮つめてきた千野は、はっとした。最近日本近海を中心とした極東海域で沈没船保険金詐欺事件が続発している。極東海域で原因不明の海難事故が目立つようになったのは、五、六年前からである。ちょうど第三共立丸の沈没あたりが嚆矢(こうし)となる。これらの船(第三共立丸以後)はいずれも二百トン—千五百トンの小—中型船で特に五百トン前後が最も多い。積荷は五トンから十トンという小口ばかりで、荷主は分散している。この二年間の不審沈没船の保険金請求額は二百七十億円に達するほどである。

このため日本海上保険協会が中心となり香港(ホンコン)、台湾、英国などの各国の保険協会に呼びかけ、極東地区連合調査団(極連調)を結成して調査に乗り出した。その結果、調査対象になった不審沈船六十隻の中、四十八隻に沈船保険金詐欺容疑が出てきた。この中、日本関係船は九隻に上る。

不審沈没船の共通的特徴は、①船齢二十年以上の老朽船。②遭難当時の天候はよく、全員救助されている。③日本船以外はパナマ船が多く、税金逃れの便宜置籍船(チャーター・バック)である。④容疑船の乗組員に同じ名前が重複する。⑤機関室から浸水する。——等である。

沈船詐欺には共犯者が必要である。それは船を沈めた実行者を救助する者である。実行者が船と心中してしまったのでは犯罪の利益を手に入れられない。不審沈船リストの中には、前の船の事故のとき救助に当たった船が、その後沈んでいるケースがあった。このように沈船と救助船が順次連続しているのを〝数珠沈（タマチン）〟と業者は呼んでいる。これから転化して不審沈船に重複して名前を見出す乗組員を「タマチンリストに載る」という。

千野はここ数年の不審沈船リストを取り寄せて調べているうちに、深田洋の名前を再度発見した。

昭和五十×年、いまから三年前の八月十九日午前二時ごろ、輸出用冷凍イカ釣り漁船第十一頌栄丸（しょうえいまる）（二五八トン）が八戸（はちのへ）沖約二百五十キロ海上を航行中沈没した。原因は操船ミスと積荷のアンバランスが重なったということである。第十一頌栄丸には船体と積荷合わせて一億五千万円の保険がかけられていた。乗組員九名は付近に居合わせたイカ釣り船に全員救助された。このときの船長が深田洋となっている。

海賊金主

1

千野は、マ・ベルへ出かけて行った。

「あら、お久しぶり」

玉美はいそいそと近寄って来ると、千野の耳に口を付けるようにして、

「あなたでしょう、私のこと、警察にタレこんだのは」と軽くにらんだ。

「警察って何のことだい」

「とぼけないの。根掘り葉掘り聞かれて大変だったんだから。あなた、沢本さんの同窓なんて嘘っパチなんでしょう」

と千野の顔を覗き込んだ。彼が目を逸らしかけると、

「だめよ、とぼけようとしても。ちゃんと顔に書いてあるわよ。こら、正体白状しろ」

「バレたか」

千野は頭をかいて名刺を出した。玉美の好意的な態度に素姓を明らかにしてもよいと考えたのである。

「なんだ、保険屋さんだったの」

玉美は、名刺を覗いて気の抜けたような声を出した。

「何だとおもったんだい」

「そうね、私立探偵か、新聞記者かなとおもったわ」

「まあ、探偵には近いがね」

千野はアジャスターの職能を説明してやった。

「それで、新村と沢本さんの事故を臭いとにらんで調べているのね」

「まあそういうわけだよ」

「沢本さんも新村の事故に関連して殺されたと考えていらっしゃるの」

「その疑いはあるね。そこできみに聞きたいのだが、深田洋という人間についてなにか聞いたことはないかい。こういう字を書くんだが」

「深田洋……？　その人がどうかしたの」

千野は深田を割り出した経緯をざっと話した。

「深田ねえ」

玉美が記憶をまさぐる表情になった。

「なにか心当たりでもあるのかい」

「心当たりがあるわけじゃないんだけど、沢本さんの墜落したマンションにまさかその人住んでいないでしょうね」

千野はおもわずうめき声を漏らした。沢本晴夫の経歴を追う過程で沈船詐欺が浮かび上がり、タマチンリストの中から深田洋をマークしたために、つい彼の行方を事件発生現場と結びつけなかった。

まさか深田が事件発生現場のマンションに住んでいるはずがないという先入観を抱いたというよりは、思考の盲点に入っていたのである。深田がマンションに住んでいれば、沢本がそこで死んだ理由がうなずける。沢本は深田を訪ねて行って殺されたのかもしれない。警察はまだ深田をマークしていないだろう。

「なによう、急に落ち着かなくなったわねえ」

玉美が鼻声を出した。

「きみに言われて気がついたんだよ。まだマンションを当たっていなかった」

「久しぶりにいらしたんだからゆっくりしてってよ。まだ宵の口でしょ。そんなに慌てなくとも敵は逃げはしないわよ」

玉美は目に言外の意味を含ませてにんまりと笑った。千野がどうやら気に入った様子である。

「いや、また出直そう」

千野は立ち上がった。敵は逃げるものならもう逃げ出しているだろう。いずれにしても確かめないことには落ち着かない。

「あなた、私のおもいつきを本気で信じていらっしゃるの」

「可能性があるとおもうよ」

「犯人が自分の住んでいる所で殺すはずがないじゃないの」

玉美は自分の発想を自ら否定した。

「衝動的に行なわれたのかもしれない。沢本が犯人の住居へ訪ねて来てけんかになってということがあるよ。とにかくこれから確かめて来る」

「忙しい人ね、また来てね」

玉美はあきらめた顔をした。

2

千野は現場を事件発生後一度覗いただけである。死体はとうに片づけられて、惨劇の痕はきれいに消去されていた。エスタ・カチドキには管理人はいない。住人の出入りが激しく、自治会も結成されていない。居住者リストのようなものはなく、玄関の集合メールボックスには「深田洋」の名前は見当たらない。偽名を用いているかもしれず、あるいは名札を空白にしている可能性もある。

玄関ロビーの壁面に貼り出されていた居住者に対する伝達事項からマンションのビル管理会社がわかった。そこに電話で問い合わせたところ、まだ人が残っていた。最初は居住者に関することは一切教えられないと突っぱねられたが、こちらの素姓を明らかにすると、ようやく深田洋という居住者は現在も過去もいないと答えてくれた。丸山玉美のせっかくの示唆であったが、的がはずれた。

がっかりして立ち去りかけたとき、玄関ですれちがった女性がいた。プロポーション抜群の様子の美い女である。化粧の濃い、見せるために造り上げたような人工性の強い美女であった。強い香料がにおった。

横目で女を探りながら、玄関口へ出た千野は、また未練がましく現場の前へ回った。現場のあたりはどの方角からの光も届かず、一際濃い闇がわだかまっている。現場の花壇の前へ来た千野は、はたと足を停めた。闇の中でなにか動いている気配がしたのである。

目を凝らして見つめると、錯覚ではなかった。何者かが花壇の中に入り込んで何かをしている。どうやら酒びんを手にして花に酒を振りかけているらしい。千野は酔漢かとおもった。だが、場所が、沢本が墜落した地点であるのが気になった。

「きみ、そこで何をやってるんだ」

千野にいきなり声をかけられて、人影はぎょっとしたように立ち竦んだ。次の瞬間酒びんをその場に投げ捨てて逃げ出した。

「待て！」

そういうこともあろうかと身構えていた千野は、直ちに追いついた。人影は抵抗しなかった。

「旦那、かんべんしてください。あっしはなんにも悪いことはしてないんで」

どうやら千野を警察と勘ちがいしているようである。千野はその勘ちがいを利用することにした。

「悪いことをしていない者がなぜ逃げた」

「いきなり声をかけられてびっくりしたんです」

息が酒臭かった。四十歳前後の無精ひげを生やした景気の悪そうな労務者風の男である。

「あそこで何をやっていたんだね」

「仲間の供養をしていたんですよ」

「仲間というと、きみは沢本の仲間なのか」

「へえ、昔同じ船に乗ってました」

意外な獲物が引っかかってきた。千野は内心の気負いを悟られぬように抑えながら、

「同じ船というと、根室の方でか」

「旦那、よくご存じですね」

うまく誘導に引っかかってきた。当て推量の誘導であったが、的に近づいて来ている。

「調べはついてるんだよ。あんたも深田や新村の一味だな」

「ち、ちがう！　おれはあの一件には関係ないんだ。本当です」

男は激しく否認した。

「あの一件とは何だ。やっぱり同じ穴の貉だな」

「本当におれはなにも知らなかったんだ。知らないうちに巻き込まれてしまったんです。信じてください」

「それでは話を聞いてやるから全部包み隠さず話してみろ」

千野は男を近所の開いていた喫茶店へ連れ込んだ。男が話したところによると、――

彼の名は酒巻良太、四十二歳、長野県出身、五年前知り合いの船員に誘われて、第三共立丸に甲板員として乗り組んだ。そこで沢本や新村と一緒になった。沢本とはウマが合い、船の上ではもちろん、船から下りた後も親しくつき合っていた。

第三共立丸が沈んでから一緒に東京へ出て来たが、いつの間にか別れてしまい、消息を聞かなくなった。先日テレビで沢本がマンションの屋上から墜死したことを知り、び

っくりして現場へ飛んで来た。ところが警察がうろうろしていて近づけなかったので、今夜ならもう大丈夫だろうとおもって酒を買って供養に来た——ということである。

「第三共立丸がなぜ沈んだか知っているのか」

「知らない。真夜中寝ていると、いきなり船が座礁したから避難しろと叩き起こされた。なにがなんだかわからないうちに救命ボートに乗り移って避難した」

「それでは深田や新村の一味かと言われたとき、なぜあんなにうろたえたんだ」

「それは……後になってから、あれは船長や機関長が組んで保険金目当てにわざと船を沈めたという噂が立ったからだ」

「保険金目当ての沈没というのは、多いのか」

「あの辺ではしょっちゅうある」

「船はそんなに簡単に沈められるのか」

「船長と機関長が組めば簡単だよ。機関室の船底バルブを抜くだけで沈んでしまう。もっともあんまりでかい船はだめだがね」

「どのくらいの船がいちばん沈みやすいのか」

「九トンとか十トンクラスが多いね、大体一トンあたり外装だけで六、七十万、これにエンジン、メータ類を加えると二倍になる。その分保険をかけられるから、ボロ船を二束三文で買い叩いて、ソ連領海へもって行って沈めるんだ。あっちで沈むと調査ができないものな」

「ソ連領海のどの辺で沈めるんだ」

「国後、択捉、色丹(シコタン)の三島の間の三角水域でよくやるね。特に国後の東海岸は砂浜が多く岬に岩場があって座礁には好都合の水域だよ。西海岸の羅臼(ラウス)側は崖が切り立っていて危険だ。太平洋側の岬の岩場に満潮時を狙って船を乗り上げるんだ」

「そりゃあまたどういうわけだね」

「満潮時に座礁させれば干潮時に船が岩へ残るけど、干潮時にやったのでは満潮時に船が浮いてしまうからさ」

「なるほどね」

「それも暗礁が多く崖が切り立っていると、避難しても陸へ取り付けないので、なるべく砂浜の近くの岩礁へ海から陸へ向かって風が吹いているときにぶっつけるんだよ」

酒巻は得意気になってきた。

「しかし、ソ連領へ入れば拿捕(だほ)されてしまうだろう」

「時化(しけ)のときを狙ってやるんだ。それなら緊急避難ということで許される。冬やると凍死しちまうので夏場を狙ってやるのさ。中には北千島やカムチャツカの捜査できない遠方へ持っていって沈めるのもいるよ」

「船を沈めて、そんなに儲かるのかね」

「そりゃあ儲かるよ。たとえば六十トンを新造するとすれば、八千万以上はかかる。船なんて六、七年で寿命になっちまうから、これを三千万ぐらいに買い叩き、評価額を水増しして新造価格の保険をかけるんだ。これで最低五千万は儲かる。これに積荷保険をしこたま上積みしておく。だから一度味をしめるとこたえられなくなるんだ」

「一番小さい九トンでやるとしても四、五百万の資本が要る勘定になるな」

第三共立丸の場合は六十トンであるから、買い叩いても、酒巻の言うように三千万は資本投下したはずである。もし詐欺が露顕して保険金が支払われなければ、丸損になってしまう。

「詐欺をやる連中はみんな海賊船だからね、金主が付いているんだ」

「海賊船とは何のことかね」

「暴力団が資金源として漁業に進出して来たんだ。タラ、カレイなんかの雑刺網漁業の権利は簡単に買えるんだよ。船の名義はそのままにしておいて権利だけ買う。実績を挙げれば、名義も換えられるんだが、ヤクザに高利貸が付いていて、オンボロ船の権利を買い、保険をしこたまつけて沈めちまうんだ。ソ連のレポ船やら密漁船、日ソの監視船やらが入り乱れて、三角水域は、百鬼夜行だよ。大体密漁や密輸や保険金詐欺の沈没は夜中にやるからね」

酒巻は意外な語彙を用いた。

「一隻の船に何人ぐらい乗っているのかね」

「それは船の大きさによるよ」

「沈没詐欺をする程度の船さ」

「そうだな十九トンで九人くらい、六十トンで十二、三人、九九型という九十九トンになると十五人くらいで、これ以上になると簡単に沈められなくなるな」

「そうすると、六十トンだと十二、三人全部抱き込まなければ沈められないのか」

　第三共立丸は六十トンであった。

「そんなことはないさ。船長と漁労長と機関長が組めば、後の船員が寝ている間に沈められるよ。座礁の他に、船底弁を抜いたり、排水ポンプを逆に使って水浸しにしたり、手はいくらでもあるよ。例えば積荷を右か左の一方に崩して、舵を逆方向へ切れば一発で転覆する。いまは自動操舵装置が付いたので難しくなったけど、数年前までは手動操舵だったので、なんでもできた」

「しかし、そんな手を使えばすぐにバレるだろう」

「だから、時化や機関の故障や、操舵ミスなどいくつか組み合わせるのさ。夏は三時ごろには海が明るくなるから、三人くらいで組んで夜中から明け方にかけて海岸の近くで沈める。後はＳＯＳを発して救命ボートで脱出して海岸に漂着という手がよく使われる。日ソの海難協定で三角水域からの緊急避難港として色丹島の穴澗湾が指定されているよ。

拿捕された船がよく連行される所だよ」

「六十トンの船にはどんな種類の船員が乗っているんだ」

「まず船長、漁労長、これは一人で兼ねる場合が多いな。中には船主も兼ねて一人三役というのもある。次に機関長、通信士、甲板員、炊事夫、こんなところだね」

「なにか資格は要るのか」

「船長と機関長と通信士は資格がいるよ。その他の船員はなにもいらない。大体、船長か漁労長のコネで契約して乗り組むんだ」

「契約はどういう風にするんだ」

「漁業権は三月で切れて、春の日ソ漁業交渉の後四月に更新するので、そのとき海員組合で契約書にサインするんだ。すると船員手帳をもらって乗り組むという仕組だよ。船長とのコネだからね。やかましいことは言われないよ」

以前に北方領土の取材に来た報道関係者が船員手帳をうけて漁船に乗り組み問題になったことがあるくらいであるから、一般船員（甲板員）が乗船するのはさして難しくないのであろう。

「そうやって乗組員をかき集めて、船を沈める。乗組員はみんな船長の子分のようなもんだから仕事がやりいいというわけだな」

一応聞きたいことは聞き出したので、千野は保留していた鉾先（ほこさき）を突き出した。

「ちがう、おれは本当になにも知らない。根室で知り合った沢本に勧められて船に乗っただけだ」

多分にいい気になってしゃべっていた酒巻は、再開された攻撃にうろたえた。

「さっきは船に乗ってから知り合ったと言ったじゃないか」

「船の上で親しくなったという意味だよ。おれは無実だよ。共犯(グル)なら分け前もらって左団扇(ひだりうちわ)だ。山谷(さんや)なんかでくすぶっているものか」

「五年も以前のことなら、分け前を費い果たしてしまったんだろう。あんた、沢本が死んだ事実をどうおもっているんだね」

「どうおもうって、べつに……可哀相なことをしたとおもっているよ」

「そんなことじゃない。彼はなぜマンションの屋上から墜落して死んだかと聞いているんだ」

「足許を誤って墜(お)ちたんだろう」

「屋上にはフェンスもあるよ」

「酔っぱらってフェンスを乗り越えたんだろう。沢本は酒が好きだったから」

「酔っぱらって知らないマンションの屋上なんかに上って行くものかな」

「………」

「第三共立丸の機関長だった山岡隆平は、その後、海に落ちて行方不明になったのを知っているらしい。

酒巻の面に不安の色が刷かれた。第三共立丸の海難後、間もなくのことであるから知っているかな」

「同じく一緒に乗っていた新村明も、車に追突されて記憶障害になってしまった」

「な、な、なにを言いたいんだ」

酒巻の声がうわずった。

「第三共立丸に乗っていた人間が三人も変な死にざまをしたり、おかしな事故に遭っている。船主の立花も脳卒中で死んでいるがこれだって怪しいもんだ。あんた、変だとはおもわないか」

「偶然だよ。山岡機関長はソ連の監視船に追突されたはずみに海に落ちたというし、新村は完全な災難だ」

「あんた、現場を見ていたのか」

「見てはいないけど……新聞にそう書いてあった。新聞が嘘を書くかね」

「しかし、追突されたはずみに突き落とすこともできるよ。あるいは追突前後に突き落として追突のせいにしたっていい。新村の事故にしても彼がどうして急ブレーキをかけたのかわからない。彼の前に謎の車が一台いて急停止したので、新村が慌ててブレーキを踏んだものだから、後続車にオカマを掘られたってわけさ」

「それがどうしたっていうんだ。偶然そうなっただけだ」

「あんたもおめでたいね。第三共立丸が臭い沈み方をして、その乗組員が四人も死んだりボケたりしている。だれだって船の沈没とつながりがあるとおもうね。彼らは沈没の真相を知っていて、それをしゃべられると都合の悪い人物が次々に口を封じたとは考えられないかね。そして五人目に口を封じられるのはあんたかもしれないよ」

「冗談いうな。おれはなんにも知らないんだ。事情を知らないまま船に乗って、寝ている間に船が沈んで、無我夢中で避難しただけだ」

酒巻の面を覆った不安は、恐怖に変わっていた。

「さあ、犯人がそうおもっていなかったとしたら、どうかね」

「犯人だと？　機関長や沢本は殺されたというのかい」

「だから警察が調べているんじゃないか」

「だれが犯人だというんだ」

「そいつがわかれば苦労はしない」

「五年も前の沈没が詐欺だったとしても、なぜいまごろになって昔の仲間を殺す必要があるんだ。もう時効じゃないのか」

「沈没は第三共立丸だけじゃないだろう」

「？」

「一度味をしめるとこたえられなくなると言ったばかりじゃないか。あんた、タマチンって知ってるだろう」

「じゃあだれかがタマチンをやっているのかい」

「深田洋という名前を知っているだろう」

「深田……船長」

「そうだ。第三共立丸の船長だ。彼の名前がその後タマチンリストに載っている。昭和五十×年の八月十九日第十一頌栄丸が八戸沖で沈んでいるが、これの船長が、かの懐しの深田さんだよ。他に探せば、臭い沈没にもからんでいるかもしれない。あんた深田船長の居所を知らないかね」

「深田船長が犯人だというのか」

「そんなこと言ってないよ。ただ彼の居所を知りたいのさ」

「おれは知らない。第三共立丸が沈んで別れたきりだ。その後どこで何をしているか全然知らない。八戸で沈んだ船に乗っていたなんて、いま初めて知ったくらいだ」

「沢本は知っていたかもしれないよ。そしてその後もずっとつき合っていた。あんたのことも深田洋に話していたかもしれない」

「沢本ともたがいに音信不通になっていたんだ」

酒巻は悲鳴のような声を出した。

「音信不通ねえ。それはあんたの一方的認識で、先方はあんたの消息をつかんでいたかもしれないよ」

「そんなはずはない。おれはここ一年ずっとドヤ暮らしなんだ」

「キャリアのある船員が落ちたもんだね。どっちにしても深田にとって昔の仲間は気になる存在だろう。あんたの居所を探していることはまちがいないな。またタマチンをやるにしても昔の仲間と乗り組んだほうが万事やりいいからね。山谷じゃよくアブれた労務者が冬の朝道路で凍死してるっていうねえ、あんなにならないように気をつけたほうがいい。凍死しないまでも、別の原因で死んだ死体を転がしておいてもわからないからな」

「変なこと言わないでくれよ」

酒巻は面に、はっきりと恐怖の色を浮かべて、

「本当に、深田の仕業なんだろうか」

半ば独り言のようにつぶやいた。

「深田でなければだれがやったというのかね」

千野はすかさず追及した。

「そんなことおれが知るもんか」

酒巻の面で濃く煮つめられている怯(おび)えの色に、千野は酒巻がまだなにか知っているにちがいないと予感した。

「知らなければそれでいいが、沢本の二の舞を演じないように精々注意するんだね」

千野は恫喝した。

「おれは関係ない。関係ないおれの口を塞ぐはずがないだろう」

「あんたもよほどものわかりの悪い人だねえ。さっきから犯人はそうおもっていないかもしれないと言ってるじゃないか。いいかね、あんたは沢本と仲が良かった。沢本は沈め屋の一味だった疑いが大きい。沢本が一味の秘密をあんたにしゃべったとおもわれても不思議はない」

「沢本はなんにもしゃべらなかった」

「ところが一味はそうはおもわない。あんたが知っている可能性があるだけで困る。あんたの存在は一味にとって危険この上ないわけだ」

酒巻の目の動きが慌しくなった。上半身が小きざみに動揺している。千野は酒巻が心理的に追いつめられているのを悟った。

「刑事さん、おれはどうしたらいいんですか」

ついに虚勢が崩れた。酒巻は急に哀れっぽい声を出した。

「命が助かりたかったら、知っていることをすべて言うんだな。そうすればこちらとしても打つ手がある」

「でもなんにも知らないんだよ。深田船長がどこにいるかおれは知らない、本当だ、信じてくださいよ」

「あんた自身が知らなくとも、深田の行方を知っていそうな人物を知らないか」

「さあ……」

酒巻は、真剣に考え込む表情になった。

「深田と親しかった人物をだれでもよいからおもいだせないか。その人物も一味かもしれない」

「もしかして」

酒巻が面を上げた。

「もしかして何だね」

千野は期待を抑えて次の言葉を促した。

「沢本が以前よく行っていたバーがあったんだ」

「バー？　どこのバーだね、バーがどうしたのか」

「銀座の黒馬車というバーだよ。北海道から東京へ出て来た当時よく通っていた。おれも何度か連れて行ってもらったが、豪勢なバーだったよ。きれいな女が一杯いて、有名な政治家や芸能人も飲みに来るそうだ。こんな所で飲む金があるのかとおれが聞くと、沢本はおれにはスポンサーが付いているんだと威張っていた」

千野は「黒馬車」という名前にうすい記憶が残っていたが咄嗟におもいだせない。千

野は記憶を追うのを保留して、

「黒馬車がどうかしたのか」

「沢本に黒馬車へ何度か連れて行ってもらったとき、そこに深田船長や新村が来合わせていた。彼らはみんな羽振りがよさそうだった」

「深田と新村にも同じスポンサーが付いていたというのだな」

千野が話の先取りをすると、酒巻がうなずいて、

「そうだ。そこでおれも一度スポンサーらしい人間に会ったことがあるんだ」

「スポンサーに会ったって!?」

千野が身体を乗り出すと、

「五十前後の恰幅(かっぷく)のいい貫禄のある男だった。大風(おおふう)な深田船長までがまるで家来みたいに低姿勢だったよ」

「その男がスポンサーだという証拠はあるのかね」

「ホステスにおれの客だと言っていたよ」

「そのスポンサーが深田の行方を知っているかもしれないというんだな」

「よくわからないが、かなり親しげだったよ。葉巻なんか格好つけて吸いやがって、いかにも金持に見えたね」

「それで彼の名は何というんだ」

「せんむと呼んでいたよ」

「せんむ？　専務のことかな」

「多分ね」

「専務だけじゃどうにもならないが、何か他に手がかりはないのか」

「たった一度だけしか会っていないからね。それも深田船長や新村や沢本の一番端っこから恐る恐るといった体だからね、満足に顔も見られなかった。黒馬車に聞けばわかるだろう」

「黒馬車に聞いても、専務だけではどうにもなるまい」

「そうだ、ホステスがいたよ。専務にべったり侍って、ありゃあ只の仲じゃなかったな。タマちゃんって呼んでたよ。少し薹が立っていたけどなかなか色っぽい女だった」

「なに！　タマちゃんと呼んでいたのか」

「なんだ、知っているのかい」

　千野の反応に、酒巻のほうがびっくりした。

「三十前後、いや当時は二十五、六の、髪をこう柔らかく脹らませて、なんというかな、全体が薄く烟っているような感じの女じゃなかったかい」

「そうそう、そんな感じだったよ。顔のあたりに靄がかかったみたいな、よく見ると、どうってことのない女なんだが、全体に男好きのする雰囲気があった不思議な女だったよ。新村なんか夢中になっていたみたいだ」

酒巻のまったく特徴をつかんでいない抽象的な描写が、結局丸山玉美の特徴を最もよく伝えたようである。千野の記憶が一挙によみがえった。「黒馬車」は丸山玉美が以前勤めていた銀座のクラブである。彼女はそこで新村と出会ったのである。玉美に聞けば、「専務」の正体がわかるかもしれない。

だが専務が深田の行方を知っているという保証はない。専務は、深田らの黒馬車におけるスポンサーということがわかったにすぎない。専務と深田らがどの程度に関わっているのか、まだ不明である。

だがともかく銀座の高級クラブの飲み代のスポンサーとなると、浅いつき合いではなさそうである。千野は「専務」の線を追ってみることにした。

3

マ・ベルへ行くと、玉美が早速寄って来た。

「どうだった、深田洋の居所を突き止められて？　探偵さん」

玉美は、いたずらっぽげなまなざしを向けた。

「なるほど、顔に靄がかかっているようだとはうまいことを言ったもんだ」

千野は、柔らかく乱した長い髪に顔の輪郭を隠した玉美の表情を見てつぶやいた。

「どうしたのよう、人の顔を見て独り言をいったりして」

玉美は甘えた鼻声を出した。

「いやいや、きみの顔に見惚れていたんだ」

「それで褒めたつもりかしら」

「もちろんだよ」

「ただ褒めたってだめよ。なにか具体的な態度で示さなくちゃ」

「どうすればいいんだ」

「そんなこと女に聞く人がありますか。朴念仁ね」

玉美は軽くにらんだ。千野は彼女がかけた謎をわからない振りをして、

「深田洋の居所はわからなかったが、きみは彼を知っていたんじゃないか。なぜそれを心当たりがないなんてとぼけたんだ」

「私、知らないわよ。そんな人」

「以前、黒馬車にいたとき、よく店へ来たはずだよ」

「黒馬車へ？」

「新村や沢本と一緒に来たはずだ。彼らが乗っていた船の船長だよ」

「ああ、船長さんのことね、それならそうと言ってくれればいいのに。船長さんの名前

が深田なの」

「なんだ、知らなかったのか」

「いつも船長さんで通っていたから、名前を知らなかったのよ」

「沢本や新村の船長だと言ったはずだよ」

「それがあの船長さんだとはおもわなかったのよ」

「まあ、それはそれとして、深田たちを黒馬車で飲ませてやっていた専務という人物を知らないか」

「ああ、吉岡さんのことね」

玉美の口からいとも無造作に名前が出た。

「よしおかというのか」

「吉凶の吉に、岡山の岡よ」

「その吉岡はどんな人物だい」

「グランド物産の社長よ。あのころ専務だったけど、いま社長だわ」

「グランド物産だって」

「そうよ」

これもどこかで聞いた名前である。

「どんな会社なんだ」

「なんでも輸出専門の会社だって言ってたわ。アラスカとかカナダへ冷凍魚やイカを輸出するんですって。金回りがいいらしくて、派手に使ってくれたわ」

千野はおもいだした。タマチンリストに、船主および買主として何度か登場した会社である。

「吉岡さんがどうかしたの。あの人ここへも時々見えるわよ」

「吉岡が来るのかい」

「ええ、黒馬車ほどではないけど、おもいだしたように来るわ」

「吉岡はなぜ深田らを黒馬車で飲ませてやったんだ」

「知らないわ。きっと得意先だったんでしょう」

「深田らが家来のように小さくなっていたというじゃないか。得意先なら主客逆転するはずだろう」

「それじゃあボスが子分に飲ませてやったんでしょう。こっちにはどちらがお金を払ってくれても同じだわ」

「金払いはよかったのかい」

「よかったわ。請求書を送ると折り返すように払ってくれたわ」

「きみに頼みがあるんだ。吉岡氏にさりげなく深田船長の行方を聞いてくれないかなあ。彼なら船長の消息を知っているかもしれないんだ」

「ふふ、あなたって本当に朴念仁なのね」

　玉美は含み笑いをして、

「吉岡さんがなぜこんな場末のバーに来てくれるかわかる？」と千野の顔を覗き込んだ。

　千野はしまったと首を竦めた。酒巻が「専務」と玉美が尋常の仲ではないと言っていたのを忘れていたわけではなかった。だが眼前の玉美の好意的な態度につい職業的関心が先行してしまった。

「それを承知の上で敢(あ)えてお願いしているんだ」

　千野は居直った。

「あなたって、図々(ずうずう)しいのね」

　玉美は呆れた声を出した。

「頼むよ」

「私、新村と別れてから、吉岡の世話になっているかもしれなくってよ」

「だれの世話になっていても、いまさら後に引けない」

「負けたわ。いいわ、聞いといたげる。その代り高くつくわよ」

「わかってる。ぼくの給料でできるだけのことはする」

「だからあなたは朴念仁なのよ」

　呆れ声が表情に伝染した。千野は、あるいは吉岡が深田らを操っている黒幕かもしれないと考えた。それなら深田を探すよりも、吉岡を攻めたほうが近道になる。

だがこの際、吉岡の反応を見るのも悪くあるまい。吉岡が黒幕であるなら、なんらかの反応を示すだろう。玉美が彼の女なら、千野の依頼と、深田を捜索している意図が吉岡に筒抜けになってしまう。千野はそれでもいいとおもった。捜査権のない千野には、このような裏道から探索の触手を伸ばすしかない。

まず玉美を介して軽く手探りをする。そこで深田の消息が得られればよし、得られなければ、吉岡と〝対決〟してもよい。

4

グランド物産は日本橋蛎殻町（かきがらちょう）二―十×、輸出専門商社である。取扱品目は「雑貨」となっており、吉岡公義（きみよし）のワンマン会社である。資源に乏しい日本の貿易依存度を反映して七千社以上の中小貿易商社が犇いているが、上位十二社で我が国の輸出入高の五十パーセント以上を占めている。残りの五十パーセントを七千社以上が奪い合うのであるから、いかに過当競争であるかがわかる。

貿易業界の底辺を這いずりながら、上位商社のおこぼれにすらありつけない零細業者は、詐欺輸出をしたり、バイヤーから送られてきた前金を使い込んだりしてしまう。

千野が調べたところ、グランド物産は外資との合弁形式を取っており、社屋として貸ビルではあるが六階建の小ぎれいなビルの三階部分を占めて社員十数名が忙しげに立ち働いている。

ところが内実は、社員一人一人が独立した会社をつくっている。要するにメーカーや取引先を信用させるために金を出し合って共同ビルを借りていることがわかった。タイピストも交換手も彼らが共同で雇ったものである。

つまりグランド物産の中にさらにワンマン商社が十数社独立しているのである。グランド物産は彼らが共同出資してデッチ上げた幽霊商社であり、実体を確かめようとするとラッキョウの皮を剝くように、中身がなくなってしまう。

千野は、グランド物産の中のワンマン商社の代表者が数人、タマチンリストに名を連ねていることを発見した。彼らはいずれもこの数年、不審な沈み方をした船の所有者や荷主であり、巨額の保険金を受け取っている。

これは沈船詐欺の巣ではないのか。千野は興奮が盛り上がってくるのを感じた。だが彼らがタマチンリストに名を連ねながらも、大手を振って闊歩(かっぽ)している事実は、司直が詐欺の証拠をつかめないでいることを示すものである。

詐欺からは攻め込めないが、沢本晴夫の不審死からなんとか攻め口を見つけられないものか。沢本の死因が、一連の沈船詐欺に関わっているものであれば、大規模な沈め屋一味を一網打尽にすることができる。

だが警察もつかめない証拠を、捜査権のない千野がどのようにして見つけられるのか。

おそらく警察は、まだ沢本の死を沈船詐欺に結びつけてはいないだろう。警察は沢本の身辺を掘り下げたが、それも根室止まりであったと聞いている。ましてや吉岡公義の存在は、警察の埒外にあるだろう。警察は捜査権と組織的捜査力をもっているが、それだけに小回りがきかない。組織のかげに隠れて捜査の辻褄を合わせようとする者が出る。かけ声だけ威勢よく出しながらかつぐ力を抜く御輿のように、組織捜査の弱点がある。一般に信じられないような捜査網の穴は、その弱点をついて生ずる。

千野のようなアジャスターに警察の先手を取る余地があるとすれば、組織の弱点しかない。

そんな時期に丸山玉美から電話がきた。

「先日の件聞いたげたわよ」

玉美は鼻にかかった甘え声で言った。

「えっ、それで深田洋の消息はわかったのかい」

気にかけていたことであり、今夜あたり店へ行こうかと考えていた矢先である。

「せっかちねえ、ゆっくりお会いしてお話しするわ」

「今夜店へ行くよ」

「お店じゃゆっくり話せないわよ、他のお客の耳もあるし。なにかおいしいものをご馳走してくださらない」

「いいとも。店へ出る前かい、それとも終った後がいいかい」

「そうねえ、どうせご馳走になるんなら看板になってからがいいわ。そのほうが落ち着けるもの」

「わかった。それじゃあ看板少し前に店へ迎えに行くよ」

電話を切ってから千野は魚が網にかかってきた手応えを感じた。玉美が吉岡からなにかつかまなければ、あのような意味深長な言葉遣いはするまい。彼女はなにか千野のためにに土産を携えてくるにちがいない。それに対してこちらも相応の報酬を出さなければならないだろう。


マ・ベルに十一時四十五分に顔を出すと、離れた席から玉美が二人だけにわかる笑いを送ってきた。それは了解の成った男女の間だけに通ずる笑いである。

看板の午前零時近くになると、玉美がさりげなく寄って来て、小さく丸めたメモを手渡した。トイレに立ってメモを開いてみると、「Tホテルのバーで待っていて」と書いてある。TホテルはS百貨店の近くの目立たない所にあるホテルである。

指示された通りTホテルのバーで待っていると、午前一時近くなってようやく玉美が姿を現わした。急いで来たとみえて鼻の下に汗をかいている。

「ごめんなさいね。帰ろうとした矢先にお客が来ちゃったのよ。帰るに帰れなくなって、ようやく脱け出して来たの」

「必ず来てくれるとおもったから、べつに心配しなかったよ。それよりお腹空いているんだろう」

「ちょっとね。でもまた外へ出るのは億劫だわ」

玉美は、謎をかけるように笑った。

「ホテルの食堂はまだ開いているかな」

「食堂は閉まっちゃったけど、ルームサービスは取れるわよ」

「ルームサービスでいいのかい」

「私そのほうが落ち着けていいわ」

「部屋が空いているといいがな」

「大丈夫よ。このホテルは開業以来満員になったためしがないんだから」

玉美の言葉は彼女がホテルの常連であることを示すものである。だが千野は敢えて追及せずにフロントへ行った。二人部屋を取って向かい合うと、玉美は急に含羞の色を見せて、

「女の私の方から恥ずかしいわ。でも私っていつもこんなじゃないのよ。今夜は特別なの」

「わかっているよ。それより何を食べる」

「なんだか急に胸がいっぱいになっちゃったわ」

「なにか食べなければいけないよ」

「任せるわ。なんでもいいわよ」

「なんでもいいと言っても、深夜メニューだから大したものがないなあ」

千野はルームサービスメニューを覗いて考え込んだ。こういう会話の間に初めての男女の垣根を少しずつ取り除いているのである。

ようやく軽い品目と少量のワインを注文して、二人はさし向かいで食事を始めた。

頃合よしとみて、千野は探りを入れた。

「それで深田の消息はわかったのかい」

「それがねえ……」

玉美はワインで薄く頬を染めておもわせぶりに言葉を滞らせた。

「どうだったんだ」

「うんもう、本当に。あなたってせっかちなんだから。千野さんって、こんないい女とホテルでさし向かいになっていて、そんなことしか関心がないの。私ってそんなに魅力がないのかしら」

「そんなことはないさ。だからこそきみといまこうしているじゃないか」

「ご褒美くれなきゃいやよ」

「いいとも、きみが望みのものをあげよう」

「それなら話したげる。深田さんは海の底なんですって」

「海の底?」

「吉岡がそう言ったのよ。私がさりげなく、この頃船長さん見えないわねえ、どうしているのかしらと謎をかけると、実はおれも行方を探しているんだが、行方がわからなくて困っている、おおかた海の底にでもいるんだろうって」

「――と吉岡が言ったのかい」

「そうよ」

「海の底とは穏やかではないな」

「私も変におもったので、それはだれかに殺されたという意味かとさらに聞くと、深田は何回殺されても不思議はないやつだって言うのよ」

「だれが深田を殺すんだ」

「そんなこと知らないわよ。吉岡は急に話したのを後悔したように、おまえなんでそんなことに興味もつんだって恐い顔してにらんだので、恐くなってそれ以上聞くのを止めちゃったのよ」

吉岡が「海の底だ」と言ったのが、単に彼の心証にすぎないとすれば、深田の消息に関しては依然としてなにもつかめていないことになる。吉岡が深田に直接手を下していれば、自らそんなことは言わないだろう。

「こんなことでご褒美をおねだりするのは、図々しいかしらね」

玉美は、千野の表情を探りながらやや控え目に言った。

「そんなことはないさ。そういう褒美なら、ぼくの方から喜んで出したい」

千野が玉美の体に手を出しかけると、

「待って。一言だけお断わりしておくわ。いまは私があなたを欲しいのでご褒美をおねだりしているけれど、あなたが私を欲しいときは、立場は逆転するのよ」

「わかってるさ」

阻止されて、千野の中に急に欲望が脹れ上がってきた。ここのところ女にありついていない。それが成熟した女が美味な肉叢（ししむら）を先方から据膳に乗せてきたのである。

5

たがいに堪能した後の快い弛緩（しかん）の中で、彼らはまだ未練がましく相手の身体を嬲（なぶ）り合っていた。

「これではどちらがご褒美をもらったのかわからないな」

千野は苦笑しながら、飽食してもなおテーブルのかたわらから離れられない意地汚ない食道楽(グルメ)のように玉美の豊かな乳房を弄んでいた。

玉美はまだ夢見心地で快楽の余波に身体を委ねていた。

「私も虜(とりこ)にされそう」

「大いに虜になってもらいたいね」

「この歳(とし)になって離れられなくなると困るわ」

「こういうことは言うべきではないかもしれないが、ぼくより先にこの身体を味わった者が憎いよ」

「あなたが考えるほど大勢いるわけじゃないのよ。私ってセックスに意外と潔癖なのよ。自分のタイプでないと絶対だめなの」

「ぼくはきみのタイプかい」

「あなたみたいにぴったりのタイプは初めてよ」

「光栄だね。しかし、新村の記憶が戻ればまた元の鞘(さや)におさまるんだろう。女の場合は元の刀にというのかな」

「新村とはとうに別れたわよ。彼とは関係ないわよ」

「新村とはどうして別れたんだい」

「プライバシーは詮索しないという約束でしょ」

「すまない」

「でもあなたならいいや。結局、彼の見栄張りについていけなくなったのよ。あの人まじめに働こうとしないで一攫千金を夢見ていたわ。いまに一発でかいことやってやるというのが口ぐせだったのよ」

「一発でかいことねえ」

「見栄張りって割合格好いいところがあるでしょう。あのころは私もまだ若かったから、男の格好と中身が関係ないということがわからなかったのね」

「ぼくは格好じゃなかったのかい」

「あなたはにおいよ」

「におい？」

「なんとなく同類のにおいね。この人なら安心というにおいがあったの。それがタイプということかもね」

「まあ安心を売るのが商売だからね」

「私、いまふとおもいだしたんだけど、新村がいまにでかいことを一発やってやると言ったとき、その内容らしいことを少し漏らしたことがあったわ」

「内容を漏らしたって」

千野は玉美の乳房を玩ぶ手を止めた。

「その手を止めないで。いまに何千トンものでかい船を仕掛けるんだ。そうしたら一生左団扇だと言ったことがあったのよ」

「何千トンものでかい船を仕掛ける……」

「たしかにそう言ったわよ。私がその意味を尋ねると、はっとしたように口を噤(つぐ)んだわ。手を止めないでちょうだいって言ったでしょ」

だが千野の手はすでにうわの空であった。沈船詐欺の対象になる船は五トン——十トンという小型船が多い。大きくても二百トンから一千トン未満である。これは大型船になるほど乗組員が多くなり、沈める技術が至難になるからである。また大型船の場合は事故調査も厳しくなる。

だが十トン級の小船をいくら沈めたところで保険金の額は高が知れている。これが数千トンを沈めるとなると、保険金の額が巨(おお)きくなる。危険ではあるが成功すれば儲けは大きい。

「一生左団扇」も夢ではない。多数の乗組員が共謀すれば、大型船を沈めることも必ずしも不可能ではない。

「新村が、私のヒモになってぶら下がっている間、家に一度深田船長と一緒に外国人が訪ねて来たことがあるのよ。アンダーソンとか言ったわ。日本語が上手だったわ。新村に外国人の知合いがいるなんて少し見直したものだったわ」

「その外国人は何しに来たんだい」

「小さな声でボソボソ話していたのでよくわからなかったけど、帰ってから聞いたら、元、大きな船の船長だったんですって」

タマチンリストに記載されている不審沈船の特徴は、船齢二十年以上の老朽船であること、および八割以上がパナマ船籍であることである。また乗組員にも外国船員がいる。しかし、タマチンリストに数千トンクラスの大型船はまだ記載されていない。

連続不審沈船の背後に国際沈め屋の暗躍はかなり以前から疑われていた。

――もしかすると深田洋は外国に潜伏しているかもしれない――千野は心中つぶやいた。

「外国人と深田が一緒に来たのはいつごろのことだい」

「そうね、新村と同棲していたころだったから三、四年前よ。それから間もなく新村と別れちゃったの」

「別れた後、深田や外国人を見かけたことがあるかい」

「ないわよ。それが最後だったわ」

もし深田がそれ以後、アンダーソンと共に外国へ行ってしまったとすると、新村の追突事故および沢本のマンション墜死のとき日本にいなかったことになる。すると、これらの事件は深田と関係がないのであろうか。

「ほら、またまた止まったあ、もうだめね、あなたの心はここにあらずだわ」

玉美が怨じた。

6

千野は、これまで調査した結果を築地署の岡田刑事の許へ持ち込んだ。身許不明者マンション墜死事件の捜査は膠着して、捜査本部は息も絶えだえという体であった。

岡田は千野の話に熱心に耳を傾けてくれた。特にタマチンリストから深田洋を手繰り出したことおよび酒巻良太から吉岡公義を割り出した点に感嘆した様子である。

「いや、これは警察真っ青の調査ですな。実は我々もタマチンリストから深田の存在を知り、彼の行方を追っていたのですが、深田と吉岡の間につながりがあったとは知りませんでした。実はね、吉岡はかねてより国際沈め屋と関わりがある疑いで海上保安庁の方で内偵をしていたのです。吉岡自身は手を下さないのですが、配下の沈め屋を操って老朽船を次々に沈めている疑いがあります。彼には多数の覆面金主が付いています。それらの金主の金で老朽船を買い、しこたま保険をかけて、極東海域へ運んで行って沈めるのです。沈めた後、乗組員はメキシコやインドネシアへ逃亡させてホトボリが冷めるのを待ちます。沈め屋一味には金を出す金主、実行行為を担当する沈め屋、沈め屋を逃亡させる逃がし屋、保険の手続きをする保険屋の四つの役割がありますが、吉岡はこれらの総指揮者なのです。手口が巧妙でなかなかシッポがつかめないのですが、いまに必ず捕えてやります」

「吉岡が一味の秘密を知った新村や沢本の抹殺を図ったとは考えられないでしょうか」

「吉岡が手を下したとは考えられないですね、まず一味は多数であり、新村や沢本のみを消す意味がありません。それに吉岡にとって乗組員は大切な〝人材〟なのです。沈船詐欺を実行するためには船員の共謀が不可欠です。彼らは一度使った船員を数年してからまた使います。一回かぎりの船員もいますが、同一船員のほうが安全です。国産シンジケートで行なえばタマチンリストにもなかなか現われません。また下級船員は偽名を使う場合も多いのでますますもって追及が困難になります」

岡田の話によって吉岡が新村や沢本を〝飼って〟いた事情がわかった。

「すると、沢本の死因も沈め屋がらみではないということに」

「我々はそのように考えております。新村の追突事故と、沢本の墜死も一応切り離しております。そうすれば、彼ら両名がたまたま同一船に乗り組んでいたとしても、関連のない事件ですから、その共通項はなくなります」

気負い込んで来たものの、千野は警察とは方角ちがいを模索していたらしい。たしかに新村と沢本が不審沈船に乗り合わせていたからといって、その延長線上に彼らの事故や死因があると断定するのは、早計である。だが千野はアジャスターである。事物を損害査定の視点から眺めたがるのは職業的習性である。不審沈船に乗り合わせていた者が数名連続して不審な死を遂げたり奇怪な事故を起こせば、沈没と結びつけるのは当然である。

7

数日後、マ・ベルへ行くと、玉美は賑やかな一団の客に侍っていた。貧相な老人と五十代の重役タイプおよび二人の若い男のグループである。一座の中心は重役体の男ではなく、明らかに貧相な老人であった。全体が萎びた老人であり、煤けた古い陶器をおもわせる頭部にわずかばかりの白髪が綿ゴミのようにこびり付き、顔じゅう至る所に老人性の汚らしいシミが浮き出ている。目の下はたるんで小袋が下がり、歯は前歯が数本、牙のように残っている。目は洞穴のように落ち込んだ窪みの底に隠れていて、表情を見せない。右眉の上に盛り上がったホクロというより黒いイボがあり、眉の上にもう一つの目が穿たれているような錯覚をあたえられる。

その老人の顔を見たとき、千野はどこかで会っているような気がしたが、おもいだせなかった。

一方の重役タイプは、健康そのものである。ゴルフ焼けした皮膚は黒光りがして、その隅々まで栄養が行きわたっている。角張った顔は面積が大きく、太い眉が男性的である。頭髪は黒々としているが、絶対量が少なくなり、精一杯長く伸ばした髪を横分けにして後頭部をカバーしようとしている。いわゆる〝九一分け〟と呼ばれる髪型であるが、それがむしろテラテラ光る顔の面積を広く見せる効果を出して表情を精力的に仕立てている。

だが、ホステスは萎びた老人の両側に侍って、重役タイプの男は専ら姿勢を屈して老人の機嫌をうかがっているようである。老人は満悦の体でまだ決して枯れていない指先をホステスの身体に這わせて感触を楽しんでいる。老人の右隣りに侍っている玉美ががまんしているのがわかる。

千野の姿を認めた玉美がトイレに立つ振りをして近寄って来た。

「いま来ているのが、吉岡よ」

「え、あの狒々爺がかい」

千野は吉岡に会うのは初めてである。

「ちがうわ。貫禄のある方よ」

「それじゃお爺さんはだれなんだい」

「吉岡の金主なのよ。なんでもスーパーや洋品雑貨屋の社長さんですって。助平でまいったわよ」

玉美は最後の言葉を陰語で言うと、ボックスへ戻って行った。「洋品雑貨」と言った彼女の言葉が導火線となって、千野の休眠していた記憶の火薬庫に火が点じられた。記憶自体も燃え盛っている。燃え盛る炎の中に逃げ遅れた幼い千野を、駆けつけて来た母親が三階から救助ネットに投げ下ろした。

その後、自分も跳び下りようとして力尽きた。母親は千野の生命と引き換えに、炎の中に燃え尽きたのである。

あの火事の火元が隣りの洋品店であった。そしてその主人がいま千野の前でホステスを両脇に抱え込んで目尻を下げている老人ではないか。

あの事件からすでに二十数年経過しており、だいぶ老け込んでいるが、眉の上の強欲の象徴のようなホクロと全体の表情に記憶がある。火元でありながら金目の物はすべて持ち出していた。火事の後、洋品店は保険金で前より立派な店舗を新築して商売は一層繁盛した。その後洋品店はさらに手を広げて、支店を各地に出した。スーパー、喫茶店なども手がけるようになったと聞き及ぶ。その商店主が吉岡の金主として女と戯れている。偶然とはいえ、ここで母を死に至らしめた張本人と出会おうとは予測もしていなかった。

吉岡の背後に、洋品店主がいるということは、沈船詐欺の金主をつとめているということである。彼ならばさもありなんである。名前は江口庄兵衛といった。江口は、吉岡の複数の金主の一人であろう。だが吉岡の江口に対する態度を見ると、江口の影響力がわかる。

江口庄兵衛は、自ら不審火を発して多額の保険金をせしめ、今日の成功の基礎とした。放火の疑いをもたれながらも、確証がなく、悠々と肥え太ってきたのである。江口が沈船詐欺一味のための〝出資者〟とはまさに打ってつけの配役である。保険金詐欺で稼いだ金をさらに大規模な沈船詐欺に投資する。これは悪党にとっては理想的な〝資本の循環〟であろう。

千野が追いかけていた事故調査の延長に、江口がいた。千野はこれを因縁と考えた。因縁の糸によって結ばれていないかぎり、人生でこのような再会はあり得ない。彼は、母が導いてくれたような気がした。やはり母を殺した火事は、江口の放火によるものだったのだ。江口が吉岡とつき合っている事実が、その情況を裏書きしている。類は友を呼んだのである。岡田刑事によって動揺した心理が定まった。新村と沢本の事件は沈船詐欺に関わっているにちがいない。

千野の胸にむらむらと衝動が衝き上げてきた。母の無残な死にざまが、衝動の底にあった。

千野は立ち上がると、江口と吉岡のボックスへ歩み寄った。

「江口さん、お久しぶりです」

千野は江口の面に抉り込むような視線を当てて言った。

「あなたは……？」

江口の表情にとまどいの色が浮かんだ。当時千野は四歳の幼児であった。孤児となった後の過酷な人生との戦いで、幼いころのおもかげはまったく残っていない。仮に残っていたとしても、隣りのアパートの間借人の子供など、江口の記憶には破片も引っかかっていないだろう。

「千野と申します。二十数年前、私が四歳のとき、お宅から発した火事で母親を失った者です」

江口の面に驚愕の色が拡がった。ようやくおもいだしたらしい。千野をおもいだしたのではなく、事件の記憶がよみがえったのである。

「ああ、あのときの……」

と言ったきり、後の言葉がつづかない。驚愕が当惑に変っている。千野は江口にとって一種の亡霊である。それが二十数年の歳月の経過の後、突然姿を現わした。

「きみのお母さんにはお気の毒をしたな。しかし、失火だったので仕方がなかった」

江口は、ようやく追及すべき言葉を押し出した。

「あの火事は放火ではなかったかという疑いをもたれたそうですね」

「だれが放火したのかね」

江口の指先が女の体から離れた。

「それはわかりません。しかしあの火事によってだれが儲けたかということを考えれば、放火の犯人像もおのずから浮かび上がってくるでしょう」

「きみ！　無礼なことを言うな。それでは私を疑っているようじゃないか」

老人の面が怒色に塗られ、目の下の小袋がぴくぴくと震えた。

「おや、それでは江口さんはあの火事で儲けられたのですか。保険というものは、予期せざる事故によって生ずる損害を補塡するもので、儲けるものではないはずですが」

「そ、それはもちろん保険金などは言葉通り焼石に水だったよ」

「それなら江口さんのことを言ったわけではありません。あなたが怒る必要はないとおもいますがね」

「それはそうだが、私に対する当てこすりのように聞こえたのだ」

江口はハンカチを取り出して額を拭った。

「きみ、江口さんは迷惑がっておられる、遠慮してくれないか」

吉岡が口をはさんだ。二人の若い男が命令一下どのような行動にでも移れるように身構えたのがわかった。

「これはお楽しみのところを大変失礼いたしました。私は現在、こういう仕事をしておりますので、御用の節はなんなりとご用命ください」

千野は、名刺を差し出した。江口は一瞥して、

「なんだ、保険屋さんだったのか」

「アジャスターをしております」

「何だね、そのアジャストとかいうのは」

「アジャスター、日本語で損害査定員、つまり保険事故の発生から保険金の支払いまでにわたり不正の有無を調べる仕事です。保険Gメンとお考えくださってけっこうです」

「保険Gメンだって!?」

江口と吉岡の表情がこわばった。いきなり脛の傷を蹴飛ばされたような顔である。

千野の職業は明らかに彼らに衝撃をあたえていた。

「失礼いたしました」

茫然としている彼らをその場へ残して千野は店から出た。

その夜遅く、玉美から電話がきた。

「今夜はいったいどうなさったの」

玉美の声が詮索と詰問を兼ねている。

「すまなかった。きみの体を触っていた爺さんな、親の仇だったもんだから、ついカッとなってしまった」

「親の仇？」

玉美は、江口庄兵衛との因縁をざっと説明すると、

「そうだったの、実はあれから大変だったのよ」

「どう大変だったんだい」

「爺さんたら急におどおどしちゃってさ、なんでも一切手を引くと言いだしたの」

「一切手を引くだって、何から手を引くんだ」

「そこまではわからなかったわ。あなたが店に居たのは偶然ではなく探っていたのだ。もう手が回っている。おれは危ない橋は渡りたくない。おろさせてくれと、まるで駄々っ子のように言いつづけて、吉岡がなだめるのに苦労をしていたわ」

「危ない橋は渡りたくないと言ったんだね」

「言ってたわ。でもあなたも気をつけてね。吉岡があなたのことを探らせると言ってたから」

「ぼくを探らせるだって。するとアジャスターを恐れなければならないようなことをやっているわけだ」

「とにかく気をつけてね。吉岡という男は、暴力団ともつながっているようだし。あのとき二人の若い男が一緒にいたでしょう。あの人たちヤクザよ」

「そんなにぼくの身が心配か」

「それはそうよ、長い間空き家だったんですもの、せっかく住みついてくれそうな人にもしものことがあったら困るわ」

さほど心の傾きもなく、成行きの上からねんごろな仲になった玉美であったが、これだけ実を示されると、情が移るのを防げない。吉岡の女であるかもしれないのを承知で近づいたのであるが、よい情報源になりそうであった。

「親の仇を討てるかもしれない。なにかわかったら教えてくれ」

「あのお爺ちゃんたら、私の世話をしたいと言うのよ。身のほど知らずというのかしら。あの年でできるのかしらね」

「それできみはどうおもってるんだ」

「月五十万で、一、二回つき合ってくれればいいと言うのよ。考えてみようかしら」

「月五十万ね」

「今時こんな話なかなかないもんね」

「吉岡は何と言ってるんだ」

「吉岡とはなんでもないわよ。吉岡は金主の機嫌がよくなるので喜ぶでしょうね。あなたも私に狒々爺の妾になってもらいたいんじゃないの」

玉美の声は千野の心裏を覗き込んでいるようであった。

情事定期券

1

「マンション労務者墜死事件」の捜査は膠着したままであった。千野順一のタレコミによって死者の身許は割れたものの、その生活史は「根室止まり」になった。

だが死者の沢本晴夫が五年前に乗っていた第三共立丸は国後島のソ連領海で不審な沈没をし、同船の船主、機関長は船から落ちておそらく死んだ。船長の深田洋は行方を晦ましている。また船員の新村明は不可解な交通事故による記憶障害で、いまだ回復の萌しが見えない。

捜査本部では深田を一連の事件の首謀者または関係者とみて行方を捜しているが、杳として不明である。

捜査本部は、この一連の事件には大がかりな国際沈め屋組織がからんでいるとにらんだ。

日本が呼びかけ人となり、香港、英国、台湾などの保険協会が結成した連合調査団が作成した過去二年間の不審沈船リストを詳細に検討していくうちに、香港に本拠をおいている「アルバロ・コネクション」というシンジケートが浮かび上がってきた。同組織は大阪の海運会社正栄汽船が台湾の華僑(かきょう)と共同出資して創設した「アルバトロス・オーシャン・ライン」が母体となっている。その後両社共活動を止め、事実上休眠しているが、アルバロ・コネクションは暗躍している。アルバロ・コネクションの中でカール・アンダーソンという人物が次第にその存在を濃くしてきた。

アンダーソンはこの二年の間日本―香港の間を足繁(あししげ)く往復し、タマチンリストに名を連ねた船会社や船主と頻繁に接触している。

アンダーソンが特によく出没するのは、蛎殻町にある「グランド物産」という輸出専門商社である。グランド物産は、ワンマン商社が十数社共同出資してデッチ上げたトンネル会社であり、実体はなにもない。

だが同社の社員が数名、タマチンリストに船主や荷主として名を連ねているのである。海上保安庁や警察庁はグランド物産を、アルバロ・コネクションの〝日本支社〟とみているようである。だがこれまでの捜査ではシッポを出していない。

時期を同じくして千野順一が自分の調査結果を持ち込んで来た。吉岡一味が沈船詐欺の秘密を知った新村や沢本の口を封じたのではないかという千野説には賛成し難いが、吉岡が銀座のクラブで深田らとよく飲んでいたという情報は無視できない。それに以前にも、漁船保険金詐欺を計画した一味が仲間割れして殺人事件を起こしたことがあった。千野説もむげには否定できない。本部では吉岡公義に任意同行を求めて深田の行方を訊ねることにした。

　吉岡は深田の行方についてまったく知らないと答えた。その答えはあらかじめ予期していたことである。取調べにあたった岡田はさらに第三共立丸の船主立花寿人、同船機関長山岡隆平、同甲板員新村明および沢本晴夫を知らないかと訊ねた。

「深田とは以前銀座でよく飲んだことがあり、彼がたしかそんな名前の部下を何回か連れて来たことがありますが、よく憶えていません。顔もほとんど忘れてしまいました。彼らがどうかしたのですか」

　吉岡は眉一筋動かさずに答えた。

「本当に知らないのですか」

「知りません」

　束の間二人の視線が宙にからみ合った。だが火花は発しなかった。吉岡が柔らかく微笑んで緊張を躱したからである。岡田が彼らに起きたことを話してやってもさして驚いた様子を見せず、

「それは気の毒なことですが、それが私にどんな関係があるのですか」と反問した。

「なにか関係がないかとお訊ねしているのです」

「なにか勘ちがいをしておられるようですが、私は彼らと銀座で何回か飲んだだけの間柄にすぎません」

「しかし、銀座で飲むとおっしゃいましたが、そこで偶然出会ったわけではないのでしょう」

「偶然出会ったこともあります」

「そうでないときは一緒に行ったのですね」

「そうです」

「その勘定はだれがもちましたか」

このあたりの資料は千野から提供されたものである。

「それは、時々は私がもちました」

吉岡の口調がにわかに歯切れが悪くなってきた。

「銀座で飲むと高いでしょうなあ」

「銀座といってもいろいろな店がありますから」

吉岡はなんとなく弁解調になっている。

「黒馬車は高級クラブと聞いております。私らの給料ではとても飲めない店です」

吉岡の肩が少し揺れた。岡田の握っている資料が無気味になってきたらしい。

「それほどでもありませんよ。〝学割〟がありますので」

「学割？　それは何ですか」

「馴染みの特別割引です」

「銀座の高級クラブで特別割引されるほど通っておられるのですか。豪勢ですね。ところでその店の飲み代を学割にして負担されたとなると、かなり親しい仲だったと考えられるのですがね」

吉岡はじわりじわりと詰め寄られた形であった。

「銀座では雰囲気で飲んでいますのでね。細かいことは言いません。ちょっと知った顔に出会えば、なんとなく合流して一緒に飲みます。だれがだれの客なのか、あまり意識していません。それに現金で払うわけじゃありませんからね。後で勘定書が回ってきても、明細は書いてありませんので、内訳がどうなっているのかわかりません」

「ほう鷹揚なものですな」

「鷹揚に飲めるのが銀座です。もともと余剰の上に成り立っているのが銀座ですからな。人生にとって是非共必要という場所ではありません」

いったん肉薄したものの、するりと躱された観があった。

もともと吉岡は殺人事件とは関係がないとみられていた。だが、岡田は、吉岡が深田の居所を知っている感触を得た。アルバロ・コネクションの本拠は香港にある。深田は同地に潜伏している可能性が強いが、彼の出国記録は残っていない。

だが国内国外に関係なく、深田を手配するには資料が薄弱である。要するに彼は第三共立丸の船長であったというだけのことである。

2

「私ねえ、あの話オーケーしたわよ」

マ・ベルへ顔を出すと、玉美が近寄って来て耳にささやいた。

「あの話って何だい」

千野が一瞬意味を取り損ねると、

「ほら、狒々爺の話よ、一か月五十万なんて今時なかなかないもんね」

「えっ、引き受けたのかい」

「あらいけなかったかしら」

玉美が面白そうに千野の顔を覗き込んだ。

「いや、あんなにいやがっていたからさ」

「いやがってなんかいないわよ。考えてみようかなって言ったのよ」

「そうだったかな。それでもうおつき合いはしたのかい」

「気になる？」

「それはなるさ」

「それならいいわ。気にならないなんて言ったら許さないわよ」

　玉美は軽くにらんだ。

「それでもうつき合ったのか」

「一度だけね」

「え、もうつき合ったのか」

「そんな目をして見ないでよ。でも安心して。あのお爺ちゃんもう役に立たないのよ」

「役に立たないで何をしているんだ」

「触ったり、眺めたりしているだけよ」

「その方がいやらしいな」

「でもそれで一か月五十万だから悪くないわよ」

「そんなにまでして女とつき合いたいのかね」

「役に立たなくなったからこそ、女に対する欲望が強くなるんじゃないの。お爺ちゃんは齢(とし)を取って欲望が純化したんだと言ってるわ」

「大変な純化だな」

「本当に。純化どころか、不純化だわよ。とにかく大変なお爺ちゃんよ。つき合っている女も、私一人じゃないみたいよ」

「え、他にもいるのかい」

「モデルや女優や外国の女ともつき合っているって自慢してたわ。彼女たちに比べても私はヒケを取らないんですって」

　玉美はやや得意気に肩をそびやかした。

「馬鹿だな、そんなことを得意がるやつがあるか」

「ねえ、二人きりで会いたいのよ。お爺ちゃんに体の中の火をかき立てられっぱなしなので、火照って仕方がないのよ」

「消防ポンプの役目はごめんだね」

「そんな冷たいことを言っていいのかしらね。そちらが火照って仕方がないとき、防火用水になってあげないわよ」

　玉美は二人だけにわかる目つきで怨じた。


　玉美と共に夜を過ごして、そのまま出勤して来ると、デスクの上にメッセージが乗っていた。「酒巻さんという方からお電話がありました。明日また電話するということです」とメモに書かれてある。時間は昨日の午後四時となっていた。昨日は午後から社を出て、帰らなかった。

酒巻というと、第三共立丸の甲板員だった「酒巻良太」しか心当たりがない。彼には別れ際に「私立探偵」のようなものだと言って名刺を渡しておいた。刑事ではないと知って欺されたような面持ちであったが、千野が〝協力費〟だと言ってなにがしかの金をつかませると、満悦の体で帰って行った。酒巻が何の用事か。なにか新しい情報があればまた協力費を出すと言っておいたので、金欲しさのタレコミか。千野は気になって、その日の外出を見合わせた。あるいはもう電話をかけてこないかもしれない。

午後三時ごろ、待ちわびていた電話がきた。食事にも出ずに待っていた千野は、電話から流れてくる酒巻の声に待った甲斐があったとおもった。

「千野さんか、昨日電話したよ」

酒巻の声はすでに酔っているようである。

「伝言があったよ」

「いい情報があるよ」

「どんな情報だね」

「また協力費がもらえるかね」

酒巻の声がこちらの気配を探っている。

「情報次第だね」

「飛切り極上のネタだよ」

酒巻の声に自信があった。

「どんなネタだ」

「あんた、深田船長の行方を知りたがっていたね」

「なに!? 深田の居所がわかったのか」

おもわず声が高くなった。

「新村の見舞いに行ったんだよ。そしたらちょうどそこへ深田船長が来合わせていたんだ」

「それはいつのことだ。深田は日本にいたのか。いま彼はどこにいるんだ」

「だから協力費をはずんでくれれば、教えてやるよ」

「わかった。いまどこにいるんだ」

「お宅の会社の前の公衆電話からだよ」

「なんだ、もう来ているのか」

酒巻はよほど金に詰まっているらしい。

3

酒巻は前回よりさらに尾羽打ち枯らして見えた。無精ひげも長く、顔色も悪くなっている。もはや浮浪者とほとんど見分けがつかないくらいである。千野は彼を建物のかげに引き入れた。この風体では喫茶店に連れ込むのも憚られる。

「それで深田はどこにいるんだ」

「まず協力費をくれよ」

酒巻は手を出した。指の先が黄色く、爪が黒い。栄養失調の身体を酒に浸したような皮膚の色である。目はドロンと濁っている。

「余計なお節介かもしれないが、酒ばかり飲まず、栄養のある物を食うことだな」

千野は、酒巻の手に二枚の一万円札を乗せてやった。おそらくその金も酒に化けてしまうのだろう。酒巻は「ドヤ暮らし」だと言っていたが、不衛生な生活環境と過重な肉体労働と不規則な食事で衰弱した身体をアルコール漬けにするものだから、疾病の巣になってしまう。酒巻も俗に「山谷病」といわれる肺臓障害、栄養失調、アルコール中毒に患されているようである。

酒巻は不満の色も見せず、金を取った。彼には取引をする余裕もないらしい。

「一昨日、新村の病院へ行ったんだ」

「それは聞いたよ」

「船長は陸へ上がったと言ってたぜ」

「陸へ上がっただって?」

「名刺をくれたよ。商売替えしたんだそうだ」

「その名刺を見せてくれ」

酒巻はジャンパーのポケットを探って一枚の名刺を差出した。名刺には「小泉不動産管理株式会社 出向営業部 深田洋」と刷られ、会社の所在地と電話番号が書かれてある。

「深田は不動産屋になっていたのか」

千野が意外なおもいに打たれていると、

「齢を取ってくると、陸の上が恋しくなるとかで、船から不動産に乗り換えたんだと言ってたよ」

と酒巻が言葉を添えた。

「まさか不動産屋にねえ、どうして新村が入院していたことを知ったんだろう」

「沢本が死ぬ前に出会って彼から聞いたと言ってたよ」

「だったら、なぜもっと早く見舞いに来なかったんだ」

「前に一回来ていたんだそうだ。おれと出会ったのは、二回目に来たときだとさ」

千野は唇を嚙んだ。深田は居所を晦ましていたわけではなかった。新村を見張っていれば深田の所在はもっと早くわかったのである。新村の見舞客を注目すべき必要性には気がついていたが、事件後日数が経過すると、どうしても初期の注意が緩んでくる。四六時中監視しているわけにもいかない。その虚を擣かれた形であった。

「あんたにさんざん脅かされたが、船長と新村や沢本の事件は関係ないよ」

千野の顔色を見ながら酒巻が言葉を追加した。

「どうしてそう言い切れるんだね」

「船長が犯人ならわざわざ自分から新村の見舞いに来るはずがないだろう」

「だからあんたは甘いんだよ。新村の意識の障害が回復すると、一番困るのはだれなんだ」

「そ、それじゃあ……やっぱり」

「深田は二回見舞いに来たというじゃないか。新村の様子を見に来ているのかもしれない」

「し、しかし、それならおれに名刺なんかくれるはずないよ」

「そいつはこれから調べるよ。とにかく身辺に気をつけることだ。酔って道傍なんかに寝込んじゃいけないよ」

「おれは浮浪者じゃないぞ」

酒巻は肩をそびやかしたが、それは恐怖に対する虚勢のようであった。

千野は、自分がまず深田に会おうかとおもったが、岡田に任せるほうが得策であると判断した。深田が居所を隠していないところをみると、沢本の死や新村の事故には関係なさそうである。だが疑惑が完全に漂白されたわけではない。

万一、千野が最初にちょっかいを出して、逃げられでもしたら取り返しがつかない。ことは殺人事件（未確認であるが）がからんでいるのである。

千野から連絡をうけた岡田は、深田洋が新村の許に二度来ていた事実に虚を擣かれたおもいであった。本来、岡田は沢本晴夫の死因究明の担当である。沢本の前に事故に遭った新村についてはほとんど知識がなかったし、関心が向かなかったのも止むを得ない。

ともあれ深田の会社に問い合わせると、「小泉不動産管理株式会社」とはある大手建設会社の関連子会社であり、親会社の建設したマンションの管理を主たる業態にしていた。同社の「出向営業部」は、各チェーンのマンションに管理人を派遣する部署である。すなわち、深田洋はマンションの管理人になっていたのである。

岡田は、船長からマンションの管理人への転向にいささか意外なおもいがしたが、両者に相似点がないでもない。船と陸のちがいはあっても、どちらも人間を入れるイレモノである。沢本が場所はちがうものの、マンションから墜死した符合も気になるところである。

深田が勤めるマンションは、大田区の最北端北千束（きたせんぞく）一丁目の高台にあった。道路一本隔てて目黒区に面し、大岡山から緑が丘方面の展望がよい。もより駅の大岡山から北へ向かって坂を上り切った所に完成後間もないスペイン風のスマートなマンションがあった。「アビタ・サンシャイン」とモダーンな表札が出ていたが、南面の傾斜地に建てられた建物はいかにも日当たりがよさそうである。建物の前面に駐車場がたっぷり取ってある。中途半端な時間にもかかわらず、外車やデラックスタイプの国産車が駐まっている。

（やっこさん、こんな所に納まっていやがったのか）岡田は門を入りながら心中につぶやいた。岡田とすれちがいに構内から買物かごにチワワを入れた若い女が出て来た。垢ぬけた様子の美い女である。すれちがうとき高雅な香水のかおりが漂った。彼女の様子から住人の生活レベルが類推できる。

深田は、岡田の突然の来訪に驚いたようである。五十前後、胸幅の厚い屈強な体格である。頑丈な体躯に比較して意外に優しい細面であるが、太陽の光がたっぷりと沁み込んで沈着したかのように、付け焼刃でない赤銅色をしている。だがこの環境では「ゴルフ焼け」に見える。

初対面の挨拶を交して岡田はおもむろに質問の火蓋を切った。深田は三年前、第十一頌栄丸が沈没した後、しばらくぶらぶらしていたが、二年前知人の紹介で小泉不動産に入社し、昨年の三月からこのマンションの管理人になったということである。

「沢本さんに会われたということですが、いつごろですか」

「彼が死ぬ一週間くらい前でした。彼から新村が事故に遭って入院したと聞いて、びっくりして飛んで行ったのです」

「沢本さんとはどこでどのようにして会ったのですか」

「沢本がここへ遊びに来たのです。彼とは時々連絡を取り合っていましたから」

「それでは沢本さんが亡くなったのもご存知でしたね」

「知っていました」

「それではなぜ届け出なかったのですか。警察は死者の身許がわからなくて、協力を呼びかけていたのですよ」

「殺された疑いがあると新聞に出ていたからです。関わり合いになりたくなかったのです」

「関わり合いになると困るような後暗いことでもあるのですか」

「ここへ来られたからには私のことを調べずみとおもいますが、私が過去乗った船は二隻沈んでいます。そのために警察からずいぶん白い目で見られました。ここで沢本が変な死にざまをしたら、また痛くもない腹を探られるのはわかっています。実は私は昨年結婚しました。家内はいま妊娠しております。余計な心配をかけたくなかったのです」

　陸へ上がった海の男は結婚してマイホーム主義者に転向したらしい。

「それで新村さんの見舞いにはなぜ行ったのですか。彼の交通事故にもキナ臭いところがあります」

「新村は殺されたわけじゃありませんし、キナ臭いなんて知りませんよ。どこかおかしなところがあるのですか」

「保険金を狙った擬装事故のにおいがあります。あなたは本当になにも知らないのですか」

「私が知っているはずがないでしょう。私は現在の仕事に満足しております。もうソ連の監視船に怯えながら冷たい北の海で漁をする気はありません。いまの職場を失いたくないのです。キナ臭いことには一切関わっておりません」

深田の保険金詐欺容疑についての調査は岡田の担当外である。

現在深田の自動車運転免許は期限切れのまま更新せず失効していた。また九月十三日午前一時から三時の間、すなわち沢本晴夫の死亡推定時間帯は自宅で就寝していたということであるが、これを証明する客観的資料はない。

第三共立丸の沈没が保険金を狙った工作であるなら、関係者で無事な者は深田と沢本二人だけだったということになる。

いま深田は結婚して家庭をもった。一方、沢本は失うべきなにものももたない風来坊である。対等であった二人の関係に落差が生じた。恐喝の典型的な土壌である。深田の容疑は拭えない。

だが、深田は第三共立丸だけに関わっているわけではない。タマチンリストに名を連ね、海上保安庁の要注意人物でもある。沢本一人を取り除いても、安全を確保できないし、沢本の身に万一のことがあれば自分が真っ先に疑われることをよく知っているだろう。それ故にこそ名乗り出るのを憚っていたのである。

岡田は、深田にとって沢本を排除することは、危険が多く利益が少ないとみた。

深田洋の出現によって、沢本晴夫の墜死事件の真相はますます混迷してきた。本部では深田をしょっぴいてしめ上げれば、なにか吐くかもしれないという強硬意見も出たが、大勢は深田をシロと見た。

4

深田洋が容疑圏外にひとまず去ったことを聞いた千野は拍子抜けがした。ずっと狙いを絞ってきた的が失われて、当面目標がなくなってしまった。

しかし深田が関わっていなければ、一体だれの仕業なのか。深田が圏外に去ったことは、一連の事件が沈め屋一味とは無関係という状況を示すものである。深田はその後海上保安庁や警察庁の取調べをうけているそうであるが、それとて確たる詐欺の証拠があってのうえではなく、事情聴取のようなものである。また深田の消去は、新村の事故と沢本の死を切り離すものである。二つの事件は第三共立丸とまったく関係ない所で、それぞれ独立して発生したと考えてもさしつかえない。

新村—沢本の共通項から誤った方角へ誘い込まれたのではないだろうか。たまたま第三共立丸の船主や機関長があいついで病死や事故死をしていたものであるから、その誤導（ミスディレクション）を促されてしまった。

事件をまったく別の視点から見なおさなければならない。

ここにおいて千野の脳裡に改めてよみがえってきたのが二年前のタクシー運転手殺害事件である。新村の事故と沢本の死には第三共立丸という共通項があれば、前者とタクシー運転手殺害事件の間にはシロアリと殺蟻剤という公約数があった。この重大な公約数がいつの間にか消えて、沈船詐欺の方に誘い込まれた。

殺害された運転手のタクシーの中にヤマトシロアリの死骸とアルドリンという殺蟻剤が発見された。アルドリンを扱う業者は限られている。一方、新村はシロアリ防除専門会社に勤めており、アルドリンを取り扱っていた。この相関にもっと注目すべきだったのではないのか。

千野が事件に対する視野を転じかけているとき、丸山玉美から連絡してきた。

「ねえ、ご注進ご注進よ」

「何だい、一体」

「ご褒美ちょうだいね」

「何が欲しいんだい」

「意地悪ね。いいわよ、教えたげないから」

「ごめん。ぼくも欲しいものだったら褒美にならないからね」

既成の関係にある男女はまず言葉から前戯が始まる。

「それじゃあ今夜ご褒美の交換会をしましょうよ」

「大賛成だね、それでご注進って何だい」

「お爺ちゃんの女の一人がわかったのよ」

「ああ、五十万円の口か」

「それがね、口ばっかりで、初めは一か月一、二回のつき合いで五十万円という約束が、一回十万円ずつの分割払いにしろって値切るのよ」

「そんなことだろうとおもったよ」

「だから私も定期券の分割払いは認めないって前払いを要求したの」

「定期券ねえ、きみも見上げた根性だよ」

「それでお爺ちゃんの別の定期券がねえ」

「そんなに何枚も定期券をもっているのかい」

「少なくとも三枚はもっているわね、その中の一枚、どこに住んでいるとおもって？」

「さあ」

「エスタ・カチドキよ」

「なんだって」

千野は愕然とした。

「ほら驚いたでしょ。沢本が死んだ同じマンションにお爺ちゃんの女の一人が住んでいるのよ」

「その女の名前はわかっているのかい」

「川村リサよ。三本川に木へんの村、かたかなでリサと書くの」

「職業は何だ」

「そこまでは知らないわ。多分私と同業でしょ」

「どうしてわかったんだい」

「爺さんがポロリとしゃべったのよ。値切るときに定期券は私一人じゃないからなかなか苦しいんだって。男ってそういうことを自慢したがる傾向があるのかしら。役立たずのくせに得意げに言ってたわ」

「もっと詳しく聞き出せないか」

「でもお爺ちゃんがまさか沢本を突き落としたわけじゃないでしょ」

「江口庄兵衛の女が同じマンションに住んでいるというのは、どうにも気になる」

「でもお爺ちゃんが関わっていたら、そんなことしゃべるかしら」

「女が沢本と引っかかりがあったかもしれない。とにかく沢本がなぜあのマンションへ行ったのか、まったく引っかかりがなかったんだ。江口庄兵衛と沢本は全然関係がないわけではあるまい」

沢本は吉岡や深田や新村と共に、黒馬車へ何度か行っている。吉岡の金主の江口とそこで出会ったとしても不思議はない。

「私もそうおもったので、それとなく聞いてみたんだけど、沢本なんて知らないみたいよ」

「名前は知らなくとも、顔は知っていたかもしれない」

「どう、ご褒美に値するかしら」

「特別ボーナスものだよ」

「それじゃあ今夜特別ボーナスを支給してちょうだい」

会話が再び生ぐさくなった。

5

なにかがつながりかけている。事件を結ぶ重要な鎖がつながりかけているのだ。江口庄兵衛はおそらく沢本の死に直接関係あるまい。問題は女である。女と沢本の間になんらかの関係があり、沢本は彼女を訪ねて来た。そこで当夜なにかが起きた。

前に深田洋が同マンションに居住しているかどうか、マンションの管理会社に問い合わせたことがある。二度目の問い合わせは前回よりスムーズにいくだろうとおもった。だが、川村リサという女性は現在も過去も居住していないという返事であった。似たような名前の居住者もいなかった。

リサという名前からして芸名もしくは源氏名ということも考えられる。ここまで来ながら、あと一歩の踏込みが足りない。口惜しかったが、手持資料が薄弱でそれ以上調べようがなかった。

その夜玉美に会うと、

「またお爺ちゃんから聞き出してあげるわよ」

とこともなげに言った。

だがその後江口庄兵衛は口を閉ざした。玉美に他の女について口を滑らしたのはまずかったと悟ったようである。

エスタ・カチドキには約三百戸、一千名を超える居住者がいる。この中のただ一人の女性を割り出すのである。千野も玉美もその女性に会ったことはない。捜査権のない千野には江口から新たな資料を得られないかぎり、彼女を割り出すすべはない。千野は、岡田の助力を求めることにした。助力というよりは、これは岡田本来の仕事である。

岡田はさすがに行動が早かった。まず一千名の居住者から独り暮らしの若い女性五十数名に絞り、一人一人当たった。そして927号室の石田あい子、芸名川村リサ、職業モデル、ジャパン・クリエイティブ・エージェンシイ(中央区銀座八―七銀座ソシエテ・ビル)所属――を割り出したのである。

千野はジャパン・クリエイティブの名前に記憶があった。それは新村明の車に追突した北原真一の経営するモデルクラブである。意外な所に北原が再登場して来た。千野の埋もれていた記憶に火が走った。死蔵されていた記憶が点火され、一挙によみがえった。

「そうだ、あのときの女だ！」

千野はおもわず声に出した。沢本が死んだ後、千野が現場を確認に来たとき、エスタ・カチドキの玄関先ですれちがった女がいた。プロポーション抜群の人工的に造り上げられた美女である。その女にどこかで会っているような気がしたが、その直後酒巻良太に遭遇したので、せっかく触発されかけた記憶が再び脳の襞に染み込んでしまった。酒巻良
イリヤ・シルビアを訪ねて銀座のジャパン・クリエイティブへ行ったとき、あの女が、
視野の片隅にいたのである。
北原の傘下の女が、沢本が死んだ現場に住んでいた。これはどういうことか。そうい
えば玉美が江口庄兵衛の女にモデルや外国女がいると言っていた。千野の思考がめまぐ
るしく回転した。
岡田もこの発見に緊張したようである。だが彼は慎重であった。
「北原の会社のモデルがたまたまエスタ・カチドキに住んでいたからといって、北原と
沢本を結びつけるのは短絡にすぎます。彼らの間にはいまのところなんの共通項もない
のです」
「新村と沢本の間には共通項がありました。北原を加えて三人に共通するなにかがある
かもしれません」
「北原の身上はこれから詳しく調べますが、あなたがこれまで調べたところによると船
員の経歴はないようですね」
「ありません」
千野は北原が追突事故を起こしたとき、彼の経歴をざっと調べたが、船員経験はなか

った。だが経歴を秘匿している可能性も考えられる。

「しかしですね、三人の間になにかの関係があったと仮定しても、北原が新村の車に追突したのは、偶発の事故であることがわかっています。すると、偶発の事故をきっかけにして北原が沢本に手を下したということになりますよ。沢本の死に犯罪性があれば、それは巧妙に仕組まれたものです」

「偶発のきっかけによって犯罪が仕組まれるケースもあるでしょう」

「それはあります。しかしなぜ三人の共通項を考えなければならないのですか。新村と沢本の間に共通項があっても、それを北原に敷衍(ふえん)する必要はありません。北原と沢本だけの共通項に絞ってもいいのです」

「私は、北原の追突が、保険金を狙って新村と沢本の間で仕組まれたものではないかと考えてみたのです。つまり沢本がA車となって急ブレーキをかけ、後続する新村のB車が急停止して、カモの北原を追突させるという筋書です。その間に沢本は逃げてしまう。ところが、偶然によって出会ったこの三人にあらかじめなんらかの共通項があったとすれば……」

「共通項が先行しており、偶然の再会によって発した殺意の素地となったということですな」

「そうです」

「あなたの考え方は面白いですよ。しかし偶然の再会が殺意を生むとしたら、どんな素地がありますか。出会っただけで殺さなければならない素地となると、大変なものです。昔なら、親の仇なんてことがあるが。そんな素地を無理に探すより、沢本の死は、新村の追突から切り離して考えるべきだとおもいますね。まあ、あなたの職業柄止むを得ない見方でしょうが」

岡田は、千野説に興味を示してくれたが、今一熱意が足りなかった。北原と沢本を結びつける先入観を恐れたからである。

殺意の素地

1

千野は、自分の推測がなんの裏づけもないので、まだ胸中に留めておいたが、岡田の言う「殺意の素地」について一面の見当が生まれつつあった。見当は初めからあったのであるが、揺れ動いていたというべきであろうか。

二年前、駒沢でタクシー運転手が殺害された事件の延長線上に新村の事故を一度はおこうとしたものの、それ以前に発生した沈船詐欺の方へ引きずり込まれた。関係者の共通項として「沈船」の渦の誘引力が大きかったわけである。

だが、新村、沢本を結ぶ共通項がタクシー運転手殺害事件であったとしたらどうであろうか。この事件が彼ら二人に関わり合うとすればどのような形か。

結局事件は迷宮入りとなり、犯人はまだ捕まっていない。捜査本部は解散され、専従継続捜査員が一、二名残されたと聞いた。新村と沢本をこの犯人の位置におけないものだろうか。新村に関しては、シロアリと殺蟻剤という情況証拠がある。これに「第三共立丸」という沢本との共通項が複合してくる。

新村と沢本が共謀してタクシー運転手を殺害した――と考えても不自然ではない。だが、これに北原がどのように関わってくるのか。

ここに千野の途方もない見当が生まれた。タクシー運転手殺害事件の共犯者が三人いても少しもさしつかえないのである。新村、沢本、そして北原、この三人が同じタクシーに乗り合わせ運転手を殺害して、残置されていた二千万円を奪った。これが三人の〝素地〟であったのではないのか。

昔の共犯者三人が、二年後、その中の二人によって仕組まれた擬装事故によって偶然顔を合わせた。千野は、イリヤ・シルビアの、北原が新村の顔を見たとき驚いたようだった、という証言をおもいだした。それこそ、彼らの間に素地があった事実を示すものではないのか。二人は尾羽打ち枯らして追突保険金詐欺を企むほどに食いつめていたのに対して、カモにされた一人は、旧い共犯によって得た分け前をもとでに成功していた。対等であった力関係が二年の間に変化し、恐喝のための絶好の素地を培っていた。

北原にとって突然の共犯者の出現は青天の霹靂であったであろう。彼らが一言でも漏らせば、北原の今日の地位など砂上の楼閣のように崩れてしまう。旧犯の暴露は共犯者すべて千野の臆測の域を出ない。まず第一のネックは、北原と新村、沢本を結びつける共通項がないことである。北原がどんな経緯で新村、沢本の二人とタクシーに同乗し、犯行を共にしたのか。新村、沢本には共犯者となる十分な共通項（第三共立丸）があるが、北原にはない。北原の首根を押えるためには、二人組に加わったきっかけを証明しなければならない。

全員の身の破滅であるが、失うものの大きさによって脅威が異なる。だが証拠がなかった。

これだけの素地があれば、岡田のいう、「親の仇」に優る。

2

北原真一は、長野県更埴市出身、東京のＦ大経済学部中退後、興信所、業界新聞、各種セールスマンなどを転々とした模様であるが、昨年ファッションモデル斡旋会社「ジャパン・クリエイティブ・エージェンシイ」を創立し、急激に頭角を現わした。

独身で、特定の女性関係はない。船員経験は見当たらない。——以上が岡田が調査した北原の身上であるが、千野が以前に調べたことをなぞっただけで新しい発見はなかった。

北原の表に現われた経歴には、新村、沢本の軌跡に交わるものはなかった。だが彼らはどこかで交叉していなければならない。

千野は自分の思考を見つめた。三人はどこかで出会って問題のタクシーに同乗したのだ。犯意は前の乗客が残置した二千万円を見つけて、その場で生じたと警察は見ている。即席の犯意であれば、行きずりに出会った人間でもかまわないことになる。

そうだ、北原と新村、沢本が出会ったきっかけなど必要なかったのだ。行きずりの人間でも共犯者になれるのである。瞬間の殺意によってタクシー運転手を殺害し、金を奪い山分けして逃走した。

この旧い共犯者が図らずも再会したときの、特に北原の驚きやおもいみるべしである。新村は追突のショックで記憶の障害を起こしたが、A車を運転していた沢本は、北原を認識した。この時点から、北原は単なる擬装追突による保険金詐欺のカモから肉叢も豊かに肥え太った美味な大獲物に昇格した。

こうして沢本の北原に対する飽くことない恐喝は始まった。——それが千野の頭に描かれた事件の構図であるが、どこかに見落としがあるような気がする。どこに見落としがあるのか。千野は自分の描いた構図を何度も詳細に点検した。

彼の構図によれば、すべての原因は、OLがタクシーの中に二千万円の大金を置き忘れたことである。このことさえなければ、OL自身も（自殺ではないと断定されたが）、運転手も、そして沢本も死なずにすんだはずである。

三人の即席共犯者は、運転手を駒沢公園の近くへ誘い込み殺害した。――そこまで思考を反芻したところで、千野はハッとした。当時の報道記事を読むと、現場はタクシー運転手がよく休憩に集まって来る所だそうである。

そのことから被害者がそこへ車を運転して来たと考えられていた。警察も「犯人が運転手の休憩場所を知っていたとはおもえない」と考えていたようである。

たしかに運転してきたのは被害者自身であろう。死体にした被害者を積んだ車を犯人が運転するのは危険が大きすぎる。だが被害者がその地点を目ざして来たと考えるのは、先入観の着色がないか。

もし被害者がその地点を目ざして来たのではないとすると、どういうことになるか。それは犯人の命令によって来たことになる。つまり犯人が現場に土地鑑があったのではないだろうか。

犯人が土地鑑をもっていた？　つまり、犯人と犯行地につながりがあり、犯人がなんらかの形で犯行地の地理事情に通じていたのではないのか。土地鑑の態様は、犯人が①犯行地の近くに住んでいる。②以前住んでいたか、通勤通学をしたことがある。③親戚、知己が住んでいる。④行商、配達で通行したことがある。⑤飯場、道路工事などで働いたことがある。⑥見学、旅行などで立ち寄ったことがある。――等である。

この中で最も可能性の大きいのが、②次いで③であろう。新村は事件発生時東大久保に住んでいたことが確かめられている。沢本は「住所不定」だった。北原はどこに住んでいたか不明である。

　警察は当然犯人の土地鑑捜査もやっているはずである。しかし事件発生時には、北原真一や沢本晴夫の名前はあたえられていなかった。いまでもあたえられていないことに変りない。まして当時の捜査本部の大勢意見は、被害者が犯人を説得するために、運転手仲間がよく集まる〝広場〟へ連れて行ったとみていたのである。土地鑑捜査の網を潜り抜けた可能性はある。

　二千万円、百万円の札束が二十束、三人の共犯で一人分の分け前は六百六十六万六千六百六十六円である。まず六束ずつ分けて、残った二束を三人で分け合ったことだろう。六十六万六千六百六十六円を運転手を殺した後その場で分割したのか。それはおそらくすまい。白昼の街路であり、タクシー運転手の休憩広場である。

　とにかく、一応の安全圏まで脱出してからゆっくりと分けたと考えられる。ほとんどが一万円札であったから現場で分けるにしても一万円札未満の小銭はなかった。現場で分けたとすれば、タクシーの売上金も奪ったはずである。一挙に大金が入ったのでごく大雑把な分け方をしても、二人が七百万円、一人が六百万円というような分け方はしなかったであろう。

　二百万円を約六十六万ずつ分けるとすれば、人目につかない場所が必要である。喫茶店やレストランは危険であり、ホテル、旅館に入ればアト足（犯行後の足跡）を残してしまう。

ここで犯人の住居が近くにあったという推測が生ずるのである。

3

千野はタクシー運転手殺害事件の現場へ出かけて行った。時間が中途半端だったせいか、休憩中のタクシーの姿はなかった。それとも殺人事件が発生してから敬遠されたのか。タクシーの好む場所にもはやり廃りがあると聞いたことがある。東京の街にも晩秋の気配が濃厚であった。発見者の子供が遊んでいたという空地は、依然として有刺鉄線を張りめぐらしたまま、都内では貴重な空間を維持していた。いまその空地で子供は遊んでいない。気をつけてみると有刺鉄線に潜り込むべき隙間がなかった。所有者が今度は死体でも捨てられてはかなわないと周囲の妨礙を強めたのであろう。貴重な空間も、金の力と、子供の遊び場を奪うことによって辛うじて保たれているのであった。

千野は、現場から離れて歩きだした。当てはない。北原や沢本が二年前この付近に住んでいたとしても、住民登録はしていないだろう。しかし区役所は一応当たってみる価値はある。

　だがその場所から区役所は距離がある。千野は区役所の前に派出所へ行くことにした。もよりの派出所の場所を聞くと、駒沢通りを少し下った所に玉川署の派出所があった。ちょうど気の善さそうな巡査が立番をしていた。

　千野は名刺を出して、保険のことで、二年前に深沢二丁目に住んでいた北原真一と沢本晴夫という人物を探していると告げた。巡査は予想したとおり住所を聞いた。

「それがわからないのです。深沢二丁目というだけで、多分アパートだとおもうのですけど」

「所番地がわからないんじゃ困りましたね。アパートもけっこうありますよ」

　警官は当惑した表情で「住人案内簿」と書かれた分厚い綴じ込みをパラパラと繰った。

「きたはらと何といいましたか」

　それでも警官は調べてくれる気になったらしい。千野が両名の字を書いて示すと、二丁目のアパートの住人を重点的に調べ始めた。

「アパートは回転が速いのでねえ、なかなか住人の現勢をつかめません。しかし、住民基本台帳よりは住民に密着していますがね」

　警官は話しながら頁を繰った。外勤巡査は受持地域をコツコツ巡回連絡して住民と接触している。

巡回連絡は少なくとも一年に一回受持地域の住民と個別に接触して、住民の現勢を把握するのが目的である。巡回連絡の都度、住民に協力を要請される連絡カードには、住民の本籍、現住所、非常の場合の連絡先、家族構成、家族の職業などの記載が求められる。

住民基本台帳に記載していない幽霊住民も派出所警官の巡回連絡には引っかかる。しかし巡回連絡カードの提出は強制されないので、協力しなければそれまでである。

千野があきらめかけたとき、警官の指がピタリと停まり、

「北原真一といいましたか」と聞いた。

「そうです」

「深沢二丁目十×の××番地青葉荘。一昨年四月提出のカードで、現在の住人は変っていますが、住んでいましたね」

警官が指さした個所にはまぎれもなく、北原真一の名前があった。単身世帯とみえて、家族の名前は記載されていない。また非常の場合の連絡先も空欄になっている。

「職業は単に会社員となっていますね」

「なるべく具体的に記入するように要請するのですが、人によってはいやがります。学生も学校名を書くのをいやがる人がいます。なにしろ強制はできませんのでね」

ともあれ、北原は深沢二丁目に住んでいたのである。教えられた所番地を訪ねて行くと、青葉荘は古ぼけた二階建木造アパートである。左右対称（シンメトリー）の造りになっていて、玄

関から廊下が棟の奥へ通り抜け、それをはさんで各部屋のドアが向かい合っている。廊下の突き当たりが共用トイレらしい。玄関の土間には各居住者の部屋からはみ出した三輪車、ショッピングカート、ベビイバギー、下駄箱(げたばこ)、傘立てなどが乱雑に置かれている。玄関口には食物を煮炊きするにおいとトイレのアンモニア臭やその他居住者の生活のにおいが混然となった形容し難い合成臭が漂っていた。

青葉荘というよりは、「落葉」か「朽葉」のほうが似合いそうな古色蒼然(そうぜん)たるアパートである。派出所で聞いた北原の旧居所はここの12号室ということである。管理人などはいそうもない。

千野が玄関口で様子をうかがっていると、ポリ袋を下げた中年の男が手前の部屋から出て来た。早速、千野が12号室の所在を聞くと、

「廊下の一番奥の部屋ですよ。いま空室になっていますが、入居ご希望ですか」

とヤニだらけの歯を見せて反問してきた。

「ええ、よかったら入ろうかとおもっています」

千野が適当に言葉を合わせると、

「私が鍵を預かってます。ちょっと待ってくださいね、いまゴミを捨ててきますから」

管理人らしい中年男はゴミ袋をアパートの傍のゴミ集積所においてくると、千野に入れと促して廊下の奥の部屋の前に導いた。アンモニア臭はますます濃く漂ってくる。雨

の日などはもっとひどいだろう。

中年男が鍵をはずしてドアを開いた部屋の内部は上がり口に半畳ほどの板の間があり、ガス水道の設備がある。その奥が六畳の和室であり、半間の押入れが付いている。窓は二本引のガラス戸が西に面しているが、眺めは隣家のブロック塀によって塞がれている。畳の色だけが割に新しいのが妙にアンバランスで寒々としていた。トイレのにおいはドアをしめるとそれほど気にならなくなった。

「いかがですか、ちょっと殺風景ですが、これで一万二千円です。いま時このあたりでこんな安い所はありませんよ」

中年男は千野の顔色を探った。

「管理人さんはここには長くお住まいなのですか」

千野はそろりと探りを入れた。

「ええ、五年ぐらいですかね。いつの間にか古株になって管理人のような形になってしまいました」

「実は私は一昨年この部屋に住んでいた北原真一の知合いの者ですが、彼から紹介されましてね」

「ああ北原さんのお知合いの方ですか。あの人は一年ぐらいいましたかな。お元気ですか」

管理人はおもいだした表情をした。

「ええ、いまはなかなか羽振りがいいですよ」

「そうですか、あの人はここにいるころからどことなくちがっているなあとおもいましたが、ご成功しましたか」

「ちがっているといいますと、どういうところがちがっていたのですか」

「なんといいますか。ここらあたりに住む感じの人じゃないとおもいましたね。住人とほとんどつき合いませんでしたし、まったくなにをやっているのか見当がつきませんでした。昼間一日閉じこもっていたかとおもうと、真夜中どこかへ出て行ったり……」

「入居するとき職業は何といったのですか」

「なんでもインテリア・デザイナーといってましたよ」

「インテリア・デザイナーでしょ。なるほどね。ところで彼はいつごろここから出て行ったのですか」

「そうですね、一昨年の七月末ごろでしたかな」

「え？　六月ではありませんか」

「いいえ、七月の末ですよ。この部屋は暑くてたまらないので、もっと涼しい部屋へ変るといってね」

タクシー運転手が殺害されたのが、六月十四日である。犯行後この部屋で金を分けて直ちに移転したと推測していたのであるが、犯行後一か月半も現場の近くに居坐っていたとは意外であった。

千野は、改めて北原の慎重な奸智に感嘆した。犯行後直ちに居を移せば土地鑑捜査に引っかかる危険がある。すぐにも逃げ出したい気持を意志の力でじっと抑えて警察の目が逸れるのを待っていた。この計算と忍耐は凄い。だがその間に二人の共犯者が捕まったらどうするつもりだったのか。

窮迫した人間が大金を手に入れて、急に金遣いが荒くなり、司直の目を引きつけることは大いにあり得る。北原が現場に近い居所に一か月半も留まったのは、やはり矛盾がある。

「七月末部屋を空けるまで、ずっと閉じこもっていましたか」

「いいえ、涼しい部屋へ引っ越すことにしたと書いた手紙に添えて家賃と鍵が送られてきました。部屋を覗いてみると、いつの間にか荷物がなくなっていたのです」

「それでは家賃が送られてくる前に本人は移転していたのですね」

「そうだとおもいます。しばらく姿を見かけませんでしたから」

「姿を見かけなくなったのは、六月の中頃からではありませんか」

「さあ、気をつけていなかったのでよく憶えていませんね。しかし以前からよく姿を見ないことがあったのでべつに気に留めませんでした。それがどうかしましたか」

人の善さそうな管理人が好奇の色を現わした。

「いえ、私は彼から六月中頃移ったと聞いたものですから」

管理人の好奇心をいなして、千野は心中うなずいた。北原は犯行後金を分けてから直ちにこの場から移ったのである。だがアパート側にはまだ住んでいるように見せかけておいて、七月末に最後の家賃を払い、いかにもそのとき移転したかのように取りつくろった。

「まあ体だけ移転する気ならいつだって移れたでしょうね、どうせ大した荷物もなかったようですから、あ、これは失礼。北原さんには黙っていてください」

管理人は頭をかいた。

「北原君にはよく人が訪ねて来ましたか」

「さあ、気がつきませんでしたね。人は来なかったんじゃないかな」

「このアパートに人が出入りすれば相当に目立ちますね」

千野は、廊下をはさんでのシンメトリーの造りと、ガラクタの溢れていた玄関から推測した。どうひいき目にみてもプライバシーが完全に守られるアパートとは見えない。

「裏からも出られます。この部屋は一番奥にありますので、裏から出入りすればあまり目立ちません。現に北原さんは裏口を利用していたようですよ。その気になれば窓からだって出入りできます」

「裏口があるのですか」

「トイレの横に小さなドアがあります」

千野はそのドアを確認してここを利用すれば、犯行後即席の共犯者が出入りしてもさして目立たなかっただろうとおもった。また窓の外には隣家のブロック塀との間のわずかな路地がある。それを伝って裏手へ出れば、まったく住人の目に触れずに出入りできる。それにしてもまだ白昼である。だれかが目撃しているかもしれない。

「一昨年六月十四日の四時すぎだとおもうのですが、北原君の部屋に二人の男が来たはずです。見かけませんでしたか」

「一昨年？　さあ、そんな以前のことは憶えていませんね」

「この近くでタクシー強盗に運転手が殺された事件があったでしょう。あの日ですよ」

「ああ、そんな事件がありました。ここへも刑事が聞込みに来ましたよ。怪しい人間を見かけなかったかって」

「そうです、その日のことです」

「さあ、気がつきませんでしたね。このアパートは一見いかにも下町的雰囲気ですが、居住者同士ほとんどつき合いがありません。特に北原さんは近所づき合いが悪かったからなあ」

そこまで言ってから管理人はハッとしたように、

「まさか北原さんは、あの事件に関係があるのではないでしょうね、あなたは警察の方では」

と顔色を改めた。千野は管理人の詮索になんとも答えず、凝っと相手の目を見つめた。

「まさか北原さんがそんな恐ろしいことを、とても信じられませんね。あまり口をきいたことはなかったけど、気の弱そうな到底そんな凶悪な犯罪ができるような人には見えませんでした」

管理人は千野の目の表情を手前勝手に解釈して、北原を弁護した。

「ほとんどの凶悪犯罪者が――まさかあの人が、信じられない――というような人間です。犯人は三人いたと推測されています。犯行後彼らはこの部屋で金を分け合った状況が濃いのです」

千野は管理人の手前勝手な解釈を利用した。

「この部屋がそんな大それたことに!?」

管理人がのけぞった。

「北原はその金をもとでに今日の成功を築いた節があります。しかし証拠がありません。彼がこの部屋で金を分けたという証拠がつかめれば首根を押えられるのです」

「まさかその金を残していくはずもありませんねえ」

管理人は、殺風景な部屋の中を改めて見まわした。

「金を分けた後、共犯者がこの部屋を訪ねて来た可能性があります。一昨年の六月十四日以後北原を訪ねて来た人間はいませんか」

「私の知るかぎりありません」

「手紙とか小包みのようなものは来ませんでしたか」

「来ませんねえ、いや手紙ねえ、ちょっと待ってくださいよ」

管理人の表情が記憶を追っている。

「手紙がきましたか」

「手紙がきたのではなく、送り返されてきたことがありましたな」

「送り返されてきた？」

「北原さんがだれかに宛てて出した手紙が、宛名人居所不明で返送されてきたのです」

「それはいつ頃ですか」

「七月の終り頃でしたかな。北原さんのメールボックスに部屋を空けた後も入っていたので、私が預かっておきましたよ」

「その手紙いまどうしましたか」

「古い手紙の中に保管されているはずです。いつか北原さんに返す機会もあろうかとおもいましてね」

「是非探し出してくれませんか」

「そんなものが証拠になりますか」

「大いに可能性があります」

北原がだれに宛てた手紙かわからない。

北原は犯行後、手がかりになるようなものは慎重に完璧に抹消したはずである。だが自分が出した手紙が、逃亡後、元の居所に差し戻されて来るとはおもっていなかったであろう。発射した弾丸がはね返って自分を傷つけるとは、だれも予測していない。北原の千慮の一失というべきか。

「ありましたよ」

間もなく管理人は一通の古びた封筒を手に戻って来た。事務用の茶封筒で表書きには、

——渋谷区広尾三—四—××広尾ナショナルコープ413笹井清子——と書かれてある。

「開封しますよ」

千野は言った。

「どうぞ」

管理人がうなずいた。捜査官ならば、令状を要するところであるが、管理人は不審をもっていない。中身は一枚の写真であった。アラビアンナイト風の宮殿を模した建物をバックにした一組の男女の姿が撮(うつ)っている。盗み撮りらしく、ブレており、露出も不足しているが、被写体の特徴ははっきりと捉えられている。

明らかにモーテルから出て来た直後の男女を撮影したものであった。一枚の便箋が添付されてあり、「同封の写真、焼増しご希望の場合はご要望に応じます。委細は面談して取り決めたく、お返事お待ちしております」と書かれてあった。

「これは恐喝の手紙だな」

千野は文章と写真を見てうなずいた。浮気の現場を密かに撮影して相手に送りつける。脛に傷もつ人間ならそれだけで震え上がってしまうだろう。おそらく手紙の宛名人は、主婦であろう。夫に隠れての情事の現場を北原に撮影された。だが幸いなことにこのカモは北原が毒牙を突き立てる前にいずこかへ飛び立ってしまったのであろう。

千野は笹井清子という宛名人に心当たりがなかった。北原は、ジャパン・クリエイティブを創設する前に恐喝で生活していた模様である。この手紙と写真は彼の恐喝の有力な情況証拠にはなるが、タクシー運転手の殺害事件にはつながっていかない。

消印の日付は六月十二日となっている。犯行日の前々日である。この恐喝の手紙は、北原が犯行前いかに窮迫していたかを示すものである。

「この手紙、お借りできますか」

「どうぞどうぞ。どうせ私のものではありませんから」

管理人は寛大であった。

返送された恐喝

1

北原に一歩肉薄したことは確かである。だが依然として彼との間には不落のバリケードが聳(そび)えている。北原を落とせない。北原と、新村、沢本の間につながりがあった事実を証明しないかぎり北原を落とせない。いやそれを証明しても十分ではない。北原、新村、沢本の三人が運転手殺害事件の共犯者であるというのはあくまで千野が立てた仮説にすぎない。

だがそれらは、魅力ある仮説である。北原と沢本は間接的ながら（エスタ・カチドキの女によって）結びついた。北原は現場に土地鑑をもっていた。あと北原と新村を結びつけられれば、仮説は証明されるのである。

ここまで思考を集めてきた千野は、凝然として目を宙に据えた。それは盲点というより目につきすぎていて見えなかったというべきか。

いま北原にとって最大の脅威はまぎれもなく新村である。彼の安全は偏(ひとえ)に新村の記憶障害にかかっている。沢本を抹消して安全確保を図っても、新村が記憶を取り戻せばなんにもならない。

北原が沢本を殺したとすれば、自衛のためには殺人も辞さない彼の強い決意を示している。すでに一人を殺したのであるから、あと一人殺すことにより共犯者の口を完全に封ぜられるとなれば、ためらうはずがない。

新村は徐々に快方に向かっているという。いつ記憶が完全によみがえるかわからない。なぜこのことにもっと早く気がつかなかったのか。

見舞客を注目すべき必要は新村の入院初期から悟っていた。だがそれは擬装追突事故からの観点であり、共犯者もその方面に物色していたのである。その時点では北原とタクシー運転手殺害事件を結びつける発想はなかった。擬装追突のかげに運転手殺しの共犯関係が隠されていたのである。

だが、北原が運転手殺しの共犯であれば、新村の容体から片時たりとも目を離していないはずである。イリヤ・シルビアが見舞いに来たと言っていたが、その後もだれかを見舞いの形で〝偵察〟によこしているにちがいない。

おそらく本人は来ないだろう。本人を「見せる」ことによって、新村の記憶を回復させる刺戟(しげき)をあたえるのを恐れているはずである。

新村が危険だと千野はおもった。こうしている間にも北原の触手が新村に迫っているかもしれない。千野はその場から新村が入院しているK大医学部付属病院に電話した。だが応答した電話の様子がおかしかった。先方がいきなり、新村とどういう関係の人かと反問してきたのである。

「新村の身になにかあったのですか」

千野は不安を抑えて尋ねた。

2

十一月二十九日午前三時ごろ混合病棟三階の棟末の方角で異常な気配がしたのを深夜勤看護婦水橋照子は感じ取った。ここは脳神経外科と耳鼻咽喉科の混合病棟である。深夜勤の看護婦二名で四十三床を担当している。一般病棟で生命の危機に瀕（ひん）しているような重篤患者はいないが、それでも病状がいつ急変するかわからない。

水橋照子が感知した異常な気配は、患者の病状の急変とは明らかにちがっていた。病気によるものではなく、物が転倒したような他為的な気配であり、つづいて人の叫び声が聞こえた。

看護婦詰所から出てみると、棟末の非常階段のドアがしまったところである。だれかがそこからいましがた出て行った様子である。非常の場合以外の出入は禁じられており、内から外へのみドアが開くようになっている。この深夜、こんな所から外へ出て行く者はいないはずである。

彼女は棟末へ急いだ。棟末に位置している320号室のドアが少し開いたままになっている。照子は非常階段から出て行った人物を確かめたかったが、それ以上に320号室の患者が気になった。

同室は四床だが、現在、交通事故による記憶障害の患者と、軽度の脳震盪(のうしんとう)の患者が二名収容されている。

ドアを大きく開いて室内を覗き込んだ水橋照子は愕然とした。窓際のベッドの患者が頭をかかえてベッドの上にうずくまっている。手の間から血がにじみ出ているのを、彼女の目はとらえた。枕元のベッドサイドテーブルに置かれていた花びんが床の上に落ちて、昼間の見舞客がおいていったランとバラの生花が散乱している。隣のベッドの同室患者も目を覚まして茫然自失している。

「大変!」照子は息を呑んで患者の許へ駆け寄った。頭髪に隠されて創傷の実相は確かめられないが、彼の頭部に理不尽な外力が振われたことは確実である。犯人は非常階段から逃げ出て行った者にちがいない。

だれがなぜそんなことをしたのか？　動機と犯人の詮索の前に傷の程度の確認と、その手当が先決であった。

水橋照子は一瞬の動転から立ち直ると、直ちに当直医師に連絡した。病院内であったことと、その夜の当直医師が脳外科の専門医であったことが幸いして、患者は敏速適切な手当をうけた。

患者の名前は新村明、四か月前に追突されたショックにより逆行性健忘症を起こしている。症状はおいおい快方に向かっていたが、まだ完全に記憶を回復していない。

新たにうけた傷は右側頭部の外傷である。ベッドに仰臥（ぎょうが）しているところを金棒状の鈍器で殴打されたものである。犯人の手許が狂ったのか、あるいは新村が本能的に危険を察知して躱したのか、傷は側頭部の頭皮をかすった程度であった。凶器の作用力がほとんど躱されたうえに、ベッドの緩衝力に助けられて、衝撃が大いに緩和されたのである。

警察が来て事情を聞いたが、新村は、犯人をほとんど見ていない。なにか身に迫る凶悪な気配に咄嗟に身を躱すのが精一杯で、犯人を見届ける余裕はまったくなかったと申し立てた。

同室患者の宮島悌二（ていじ）にも事情が聴かれたが、彼も気がついたときは、犯人が部屋から出て行った後だったと答えた。

異常な気配を悟って千野が病院へ駆けつけたときは、警察が臨場して調べている最中であった。夜間はもちろん面会を禁止されているが、病院は侵入しようとおもえばどこからでも侵り込める。病院は治療専門の場所であり、警備が中心ではない。

駆けつけた千野は、当然のことながら新村との関係を詳しく聴かれた。千野はこれまでの経緯を語り、北原真一を取り調べるように要請した。警察は千野に対する疑いは一応解いたようであるが、北原に関しては、

「それはあなたの個人的推測でしょう。大体、新村さんの交通事故と労務者のマンション墜死事件を結びつけるのが飛躍です。ましてこの二つの事件と呼ぶか、事故というか、その動機を二年前のタクシー強盗から引っ張って来るのは乱暴ですよ。そんなことで調べられません」

と全然相手にしてくれない。

「北原には土地鑑があります。現場のすぐ近くに住んでいたのです」

「偶然です。どこへ住もうと本人の自由です。居住の自由は憲法で保障されてますからな」

「新村の様子を前日、北原の情婦のイリヤ・シルビアが見に来たそうです。花びんにランとバラの花があったでしょう。あれはシルビアが持って来たそうです」

「彼女は新村さんに追突したとき、北原氏の車に同乗していたのでしょう。彼女が自分の意志で、あるいは北原氏の代理で見舞いに来ても少しもおかしくない。むしろ加害者

として当然じゃありませんか」

　警察はまったく動じなかった。千野は、岡田刑事に救いを求めた。これまで岡田も千野の仮説に対して消極的であった。だが新村が襲われた現実の前に認識を改めた様子である。

　しかし彼も管轄署に対して千野の仮説を納得させることができなかった。

「岡田さん、解せないことがあります」

千野は粘った。岡田だけが警察を動かす突破口である。

「何ですか」

「犯人が病院へ忍び込んで来たのは、よほどの覚悟だったとおもいます」

「彼も追いつめられていますね」

「それならどうして止どめを刺さずに逃げ出したのでしょう」

「看護婦に気づかれたからでしょう」

「看護婦が異常な気配を悟って駆けつけたときは、すでに犯人は逃げ出した後だったそうです」

「それでは同室の患者に悟られたのでしょう」

「そこですが、同室の患者も気がついたときは犯人は部屋から出て行った後だったそうです。それなら犯人にとって止どめを刺す余裕は十分にあったはずです。それにもかかわらずそれをしなかった。新村の口を塞ぐために危険を冒したのですから、犯人は確実に新村に止どめを刺さなければならなかった」

「するとなにか他の妨害が入ったということですか」

「私は同室患者が早く目を覚まして犯人を見たのではないかとおもいます」

「それならなぜそうと言わないのですか」

「同室患者は犯人を庇っているんじゃないでしょうか」

「庇う？　なぜです」

それは意外な意見であった。岡田は十分に興味を盛り上げられたようである。

「同室患者と犯人の間にはなんらかの関係があったとは考えられませんか」

「彼が手引きをしたとでも？　いや手引きしたのであれば犯人は目的を達したはずだ。するとどういうことになるのかな」

岡田は語尾を半ば自問するように言った。

「同室患者がたまたま犯人を知っていたとしたらどうですか」

「その可能性は考えられますが、庇うくらいならば、犯人は止どめを刺していったでしょう」

「犯人には庇われるという意識がなかった」

「一体、それはどういう関係ですか」

そこから先は千野にも答えられなかった。だが千野の示唆に基づいて改めて宮島悌二が取り調べられた。看護婦の水橋照子が駆けつけて来たとき、宮島はすでに目覚めて茫然としていたことがわかっていた。近くの病室の患者がその時刻、「止めろ」という声を聞いていた。

だが宮島は初回の取調べ時と同じことを申し立てた。目が覚めたときは、犯人はすでに室外へ出ていたというのである。北原と宮島の間にはいかなるつながりもなさそうであった。

北原も一応任意の取調べをうけたが、当然のことながら否認した。彼は自分にかけられた容疑を知ると、憤然と色をなして、「ぼくがどうして新村氏を襲わなければならないのか」と取調官に食ってかかった。

捜査側はそれに対して切り返す資料がない。

3

千野は、北原が心理的にかなり追いつめられているのを悟った。いまや彼の安全は新村の休眠している記憶だけにかかっている。殺人を累ね（運転手、沢本）、営々として築き上げた今日も、新村が昔の記憶を取り戻せばたちまち崩落してしまう。新村を襲ったのは北原の窮迫と、自衛のために手段を選ばない断乎たる決意を示すものであろう。

ここまで追いつめながら、あと一歩の踏込みに足りない。千野は歯ぎしりをするおもいであった。彼は、北原と宮島の間に必ずなにかがあるはずだとおもった。そこに北原を陥す突破口がある。だがそれがつかめない。宮島が北原を庇わなければならないなんらかの理由、それは何か。

岡田刑事も千野の意見に耳を傾けて彼らのつながりを洗ってくれたが、なにも出てこない。

宮島悌二は都内のある有名私立高校の教師で、北原の生活分野とはまったく交わるところがない。都内でマイカーを運転中追突されて、頭部を強く打ち数日前に入院した。べつに神経学的症状はなかったが腰椎穿刺をしたところ、脳脊髄液に微少な出血がみられたので、大事を取って入院したものである。

千野が宮島にこだわったのは、彼に薄い記憶があったせいもある。いつどこでどんな状況で出会ったのかおもいだせない。たしかにおぼろげながら記憶があるのだ。おもいだそうとして思考を集中すると、あえかな記憶は霧のように消えてしまう。思考を逸らすとまた意識の片隅に杳々とわだかまるのである。

だが宮島の方は、千野にまったく反応を示さない。とぼけているのでもなさそうである。千野が宮島を一方的に知っているのかもしれない。どこかで見かけたのか。だが宮島はテレビや雑誌などに顔を出していない。宮島の奉職する学校に千野は無縁である。保険屋であるから社会のあらゆる分野に首を突っ込んで行くが、まだ宮島の学校やその関係者に関わったことはない。

焦燥の中に十二月に入り、新たな進展もないまま、年が交代した。独身者にとって正月は侘（わび）しい。共に屠蘇（とそ）を祝うべき家族もいない。閑（ひま）をもて余してテレビをつければ家族中心の正月特番や歌謡番組ばかりである。外へ出れば出たで、楽しげな家族連れやアベックばかりが目立つ。

丸山玉美に電話したが、留守とみえていっこうに応答がない。店は七日まで休みだと聞いている。こうも閑をもて余すようなら、休みの前にデートの約束でもしておけばよかったと悔やんだが、もう遅い。ここのところマ・ベルにも無沙汰していた。しばらく放りっぱなしにしていた間に、他の男が付いたかもしれない。

いまにして玉美の豊かな成熟した肢体が目にちらついた。おもいがけない〝据膳〟にあぐらをかいてそれを確保するための努力をしなかった。考えてみれば、あれほどの女を他の男が放っておくはずがない。

玉美が〝褒美〟をねだったときの言葉がおもいだされた。玉美は、千野が彼女を求めるときは立場が逆転すると言ったが、いま完全に逆転したのを悟らないわけにはいかなかった。いま彼女の居所がわかればなりふりかまわず求めるだろう。男女の関係にも市場の法則が働く。

千野は、年賀状をまだ見ていなかったことをおもいだした。彼にも多少の年賀状が来る。ようやくとりあえずの行為の対象を見出して、千野はいそいそとメールボックスを覗いた。数十通の年賀状が来ていた。彼はそれが仕掛けておいた網に獲物が引っかかったように感じられた。

炬燵の上に持ち帰って一枚一枚ゆっくりと見る。過去扱った保険事故の保険金受取人からの賀状が多い。彼らは保険金が下りたことを千野にいつまでも感謝している。それに反して保険金が支払われなかった事故の関係者からは、当然のことながらなにもこない。岡田刑事からもきていた。意外にもイリヤ・シルビアからの賀状があった。印刷された賀状であったが、ただ一度それも北原の追突事故の調査に行った千野にまで賀状をくれるのは、さすがに人気商売だけのことはある。それともこれは北原の差し金による〝挑戦状〟か。

千野の目は一枚の賀状に釘づけになった。差出人は「夏目忠彦」と書かれている。千野はその名前を咄嗟におもいだせなかった。文面は次のようになっている。

――あれから二年半ほど経ちましたが、いかがお過ごしですか。タクシー強盗殺人の犯人はまだ捕まっていないようですね。小生この春結婚することになりましたが、犯人が逮捕されていないのが、心残りです。――

千野は差出人をおもいだした。強盗にあったタクシーの中に大金を置き忘れた細川澄枝の当時の婚約者である。あのとき査定に行った千野に、タクシー強盗の犯人が彼女を殺したようなものだから早く犯人を探してくれと訴えた人物である。

そうか、あのときの婚約者が新しい相手と結婚することになったか。そこに二年有余の時の流れがあった。恋人を失った悲嘆は若者にとって一時のものであり、その追憶によって一生を縛られるわけにはいかない。夏目もようやく悲嘆の底から立ち直って新しい生活設計を描き始めたのだ。

だが彼の心の底に、犯人がいまだ逮捕されてないことが、亡き恋人に対する心の債務になっているのであろう。今時珍しい律義な男というべきである。同時に夏目に対して千野も債務のようなものを覚えた。

夏目の年賀状の前でしばらく感慨に耽っていた千野は、次の一枚を取り上げて目を見開いた。宛名が丸山玉美様となっている。千野が玉美に宛てて送った賀状である。「宛名人居所不明」のスタンプが押されている。

玉美は、千野にすら知らせず移転してしまったのである。これで彼女を完全に失ったことが確認された。いや初めから彼女のなにも得てはいなかったのだ。要するに彼女にとって千野との関係は、その程度のものでしかなかったのである。旅の途次、気のむくままにちょっと休憩した休み茶屋程度のものだったのか。休み茶屋に旅人の行先を告げる必要はない。

それを彼女が〝定住〟したと錯覚した。定住とまではいかなくとも、〝入居〟ぐらいはしてくれたと考えていたのが甘かった。そんなうまい据膳がいつまでもつづくはずがなかったのである。

要するに行きずりの情事にすぎなかった。無料で結構な馳走にありつけただけでも多とすべきであると自らに言い聞かせるのだが、寂しさを拭えない。

玉美に宛てた賀状を捨てかけて、千野は凝然となった。宮島悌二にどこで会ったかをおもいだしたのである。

千野は、ファイルを引っ張り出した。北原の恐喝の手紙を探し当て、中身を引き出す。この手紙も、笹井清子という女性に宛てて送られたのだが、居所不明で返送されてきたのである。

千野の目は手紙の文面ではなく、同封された写真に吸いつけられた。

「やっぱりそうだった。この男だ」

千野は写真をにらんでうめいた。笹井清子と並んで撮っているパートナーは、まぎれもなく、宮島悌二であった。露光不足の上に少しピンボケの写真であるが、特徴は伝えている。宮島と北原の間にはつながりがあった。そしてこれが宮島が犯人を北原と知りながら黙秘した理由であった。

北原は笹井清子と宮島を同時に並行して恐喝していたのであろう。北原がおもわぬ大金を手にしたために恐喝は途中で止んだかもしれない。だが、宮島の弱みはいまでも生きているにちがいない。

笹井清子との仲は現在もつづいており、それは教師として絶対に表沙汰にできない性質の関係であろう。それが表沙汰になれば教師としての職を失うような関係といえば、おおよそどんなものか察しはつけられる。

千野の胸から〝独り正月〟の侘しさや無聊（ぶりょう）は消し飛んだ。彼は早速、岡田に電話した。鬼刑事も正月とあって家にいた。岡田の声が千野の説明を聞いているうちに緊迫してきた。

「その写真いま手許にお持ちですか」

「持っています」

「早速、管轄署の担当官に話しましょう。なにぶん他署の管轄なのでおもうように動けませんが、できるだけ早く宮島を取り調べるように働きかけます」

岡田の声がはずんでいた。

蟻の一穴

1

岡田の運動が功を奏して、宮島の再取調べが行なわれた。宮島はすでに退院していた。自宅で正月気分に浸っていたところを警察から任意取調べに呼ばれて仰天したらしい。宮島は取調べ側の緊迫した気配を悟って表情を硬直させていた。

「宮島さん、あなたは嘘を吐いていましたね。あなたは北原真一を知っているでしょう」

取調官は単刀直入に切り込んだ。補佐官として岡田が特別に付いている。

「嘘なんか言いません。北原なんて人間は知らない」

「ほう、それじゃあ、これはどういうことですか」

取調官は北原の手紙と写真を宮島に突きつけた。写真の被写体を見届けた宮島の顔色がみるみる変った。

「モーテルをバックにあなたと女性が仲よく撮っている。撮影者は北原で、あなたはそのことを知っている」

「し、知らない。こんな写真は知らない。だれかの悪質ないたずらに決まってる」

宮島はこの期におよんでもあがいていた。

「合成写真とでもおっしゃるのですか。ご希望なら合成でないことを証明しますよ。一緒に撮っている女性も、すぐに探し出してあげましょうか」

宮島の全身がこきざみに震え始めた。

「宮島さん、女性との関係を秘匿したいというあなたのご事情は、推察できますが、我々はあなたのプライバシーを暴くのが目的ではありません。そんなことには関心がありません。ことは殺人事件がからんでいるのです。現にあなたの目の前で人が殺されかかったのです。犯人はまた戻って来るかもしれない」

宮島の唇の端がひくひくと震えた。

「あなたは犯人を知っていますね。知っていながら隠していると、犯人蔵匿の罪に問われますよ」

宮島はまだ土俵際でもがいていた。

「今度犯人はあなたの口を塞ごうとするかもしれませんよ。なにしろあなたは犯人を知っているのだから」

岡田が添えた言葉によって、宮島の最後の抵抗が崩れ落ちた。宮島は供述した。それによると、

――彼は、生徒の母親である笹井清子と深い関係になり、四年越しの密かな関係をつづけている。それを三年前、北原に嗅ぎつけられて恐喝された。彼の手口はモーテルの前に張り込んでいて、カモになりそうな男女を見かけると写真を撮り、尾行して住所を突き止め、恐喝するというものであった。カモにされるのは、人妻や、関係を表沙汰にできない事情にあるアベックであった。北原の悪質さは男女両方から細く長くじわじわと絞ることであった。恐喝が失敗するのは、カモを一遍にむしろうとするからである。北原は金の卵を一挙に得ようとして腹を断ち割るような愚は犯さず、一個ずつ長く卵を取った。たまたま笹井清子のアドレスを誤記した恐喝状が差し戻されたが、北原の恐喝の鉾先は宮島にも向けられていた。

「十一月二十九日の午前三時ごろ花びんが落ちた音に目を覚ますと、いつの間に侵入して来たのか一個の人影が新村さんを殴りつけていました。新村さんが必死に身を躱したはずみに花びんが落ちたようです。私がびっくりして止めろと言うと、人影は私の方を見ました。それが北原でした。北原も私を認めて驚いた様子でしたが、廊下を看護婦が駆けつけて来る気配に、『黙ってろよ、いいな』と低く言って逃げ出しました。看護婦

が来なければ、私の目の前で新村さんを殺したでしょう。北原の恐喝は三年前の六月頃からピタリと止んでいましたが、私と笹井清子との関係はつづいていました。なぜ北原が新村さんを襲ったのか知りませんが、北原が犯人であることを告げると、笹井清子との関係が公になってしまいます。私は教職に留まれなくなります。笹井清子も家庭と妻の座を失うでしょう。それで悪いとはおもったのですが黙秘したのです」

ここに北原真一に対して殺人未遂の逮捕状が発せられたのである。

2

逮捕の罪名は、新村明に対する殺人未遂であるが、本命は沢本殺しおよび三年前のタクシー運転手殺害事件である。警察がよく使う別件（ヒキネタ）とちがって、この殺人未遂は〝本件〟とのつながりにおいてその延長線上で発生したとみられている。

これは警察が千野の仮説を全面的にうけ入れたことを示すものであった。本件の延長以外に、北原が新村を殺そうとする動機は考えられない。網にかかった大獲物の感触に警察は緊張した。

タクシー運転手殺害事件の捜査本部は解散されていたが、継続捜査官と沢本晴夫マンション墜死事件準捜査本部および新村明殺害未遂事件の管轄署は合議して、岡田を主取調官に据え、継続捜査官と管轄署捜査官が一名ずつ補佐することになった。

だが北原は黙秘権を行使した。三取調官の粘りの取調べに対して貝のように口を閉ざして一切語らない。北原も必死であった。タクシー運転手殺害事件一件だけでも、死刑または無期懲役である。これに別の殺人と殺人未遂を累ねたのであれば、死刑は免れない。北原の黙秘には生命がかかっていた。

だが局面は意外な進展を見せた。一月十二日、岡田は——今日こそ陥してみせる——という決意を眉宇に見せて北原と対決した。

「北原、すべてあんたがやったことがわかったよ。悪党なら悪党らしく往生際をよくしたらどうだ」

岡田に言われて、北原の面に不審の色と不安の気配が浮かんだ。

「どうして私がやったと決めつけられるのだ。証拠があるなら見せてもらおうか」

北原はふてぶてしく居直った。

「すべての状況があんたが犯人であることを裏書きしている。まずあんたには沢本が死んだときと、運転手殺害事件のアリバイがない。事件当時運転手殺しの現場のすぐ近くに住んでいて土地鑑があった。沢本が墜死したマンションにあんたの情婦が住んでいた。新村を殺そうとした理由を黙秘している。運転手殺しの後あたりからあんたは急に金まわりがよくなってジャパン・クリエイティブ・エージェンシイを設立した」

「ふん、そんなものはみんな間接証拠というやつだろう。裁判になったら弁護士に片っ端から切り捨てられるよ。おれの容疑は、新村の殺人未遂だけだ。あとはそっちが勝手にくっつけたのさ。逮捕の罪名もおれには殺す意志なんかなかったんだからね。新村のやつ、補償のことで勝手な熱を吹くものだからつい頭にきて、引っ叩いてやろうとおもっただけだ。殺意なんてこれっぽっちもなかったよ。起訴にもっていけるかどうかも危ないんじゃないのか」

北原はせせら笑った。

「ずいぶん強気じゃないか。新村が記憶を完全に回復してすべてを自供したとしてもその強気をつづけられるかね」

「な、なんだって!?」

北原の顔色が大きく変った。

「だいぶびっくりしたようだな。新村が記憶を取り戻したんだよ。なにがきっかけになったとおもう。これまで催眠療法や、電気ショック療法でだいぶ快くなっていたんだが、あんたが彼の頭を撲ったのが、はずみになったらしい。あんたは手を出さなければよかったんだよ。そうすれば彼はこのまま一生記憶を回復しなかったかもしれないんだ。新村が全部自供したよ。あんたと沢本と一緒になってタクシー強盗をやったことをね。その後沢本と組んで保険金目当てに擬装追突をやっていたそうだ。そこにあんたが引っかかったってわけだ。しかしぶつかったときは、もう憶えていない。一番前を走っていた沢本が、カモがあんたであることを知っておどりして恐喝していった様子が目に見えるようだよ。沢本殺しは証明できなくてもかまわない。運転手と新村殺しの未遂だけであんたを死刑にできる。雉子も鳴かずば打たれまいとはこのことだね」

「でたらめだ」

「あんたが運転手を殺したんだってね」

「おれじゃない。殺したのは……」

と言いかけて北原は重大な失言に気づいたように口を噤んだ。

「ほう、あんた、殺した人間を知っているのか」

岡田の目が一直線に突き刺さってきた。

北原真一は遂に一連の犯行を供述した。

「運転手を殺したのは沢本だ。運転手が最後まで金を分けることに反対したので仕方がなかった。恐喝のカモも小物ばかりで、それもだんだん危なくなっていた。私はまとまった金が欲しかった。犯行の間幸いに周囲にだれもいなかった。犯行後、ひとまず、私のアパートへ逃げ込んで金を分けた。二人とは金を分けてすぐに別れた。私はその足で京都へ行った。ろくな荷物はなかったので身軽だった。京都のユースホステルで一か月ほどぶらぶらしているうちに、七百万円足らずの分け前はすぐに喰いつぶしてしまうことに気づき、同宿のホステラーからアメリカ旅行をした話を聞いてアメリカへ行くことを考えた。アメリカへ行ってもなにをするという当てはなかったが、英語は得意でアメリカへは前から行ってみたいとおもっていた。アパートに七月末に家賃を送っていかにもそのとき移転したように見せかけた知恵は後から出たものだ。警察はまさか私が現場の近くに住んでいたとはおもわなかったようだ。タクシーのたまり場へ行ったのが捜査の方向を狂わせたらしい。アメリカへ行ってからあちらの女を日本へ連れて来て〝商売〟させる手を考えついた。イリヤ・シルビアと出会ったのが開運の始まりだった。順風満帆のとき、沢本と新村と〝再会〟した。新村はボケてしまったが、沢本は恐喝してきた。

自分自身が恐喝で食っていただけに、相手を消さないかぎり、骨の髄までしゃぶられることがわかっていた。あんな虫ケラのようなやつのためにようやく開きかけた運をふいにしてたまるかとおもった。

沢本は金だけでなく女も要求した。女を抱かせると言って誘い出すと、なんの疑いももたずにエスタ・カチドキへやって来た。女は人の持ち物になっているから人目に立たないように来いという命令を沢本は忠実に守った。いま旦那が女の部屋へ来ているので屋上で少し待てと欺いて誘い上げた。沢本は女を抱きたい一心でなんでも私の言いなりになった。無警戒の沢本を隙を見て突き落とすのになんの難儀もなかった。

私と新村や沢本を結びつけるものはなにもないと信じていたので、エスタ・カチドキへおびき出したことに不安はなかった。まさかシロアリと殺虫剤の成分の一致から疑いをもたれるとはおもっていなかった。私は完全犯罪を確信していた。いまほど千丈の堤も螻蟻(ろうぎ)の一穴より崩るるという格言が実感をもったことはない」

自供を終えて北原は肩を落とした。しかし、その「蟻の一穴」は彼本来の失策ではなかった。被害タクシーの車内に遺留されたシロアリと殺蟻剤が、新村の事故当時の職業と符合しただけである。北原を結びつける共通項はなにもなかったのである。

新村に仕掛けた殺人未遂も、新村の記憶を呼び戻す皮肉な結果になってしまったが、それもはずみであった。北原が悪を堆(つ)み重ねた上で戴(いただ)くべき冠は一匹の蟻によって崩されたといってもよい。

事件の解決を岡田から知らされた後、所用があって千野は、北原がかつて住んでいた青葉荘の前を通りかかった。工事人が入って取り壊し作業の最中であった。とうとう寿命がきたらしい。

古い年輪と多数の居住者の生活史を刻んだ建物が工事人の手によって情け容赦なく取り壊されていくのを見ているのは、関係ない建物であっても胸の奥に痛みのようなものを覚えた。

濛々（もうもう）たる埃（ほこり）を浴びながら千野が取り壊し作業を見守っていると、近所の住人らしい老人が近寄って来て、

「またこの界隈の古いものが一つ消えるね。年寄りにとっては寂しいことだよ」

と話しかけた。

「そんなに古いのですか」

「戦前からの建物だよ。戦災に焼け残った歴史の証人のような建物だ。映画なんかもよく撮りに来たもんだ」

「そんな由緒のあるアパートだったんですか」

「シロアリにすっかり食われてね、危険だというので消防署から取り壊しの勧告をうけたそうだ」

「シロアリ！」

「わかったときは、もうどうしようもなかったそうだ。可哀相に」

老人は生命ある者に言うようにつぶやくと、千野に背を向けて歩きだした。

解説

山前 譲

森村誠一氏の長編ミステリー『悪の戴冠式』は、タイトルからしてじつにミステリアスではないだろうか。戴冠式とは、新しい国王が即位のしるしとして、王室伝来の王冠を頭に載せる儀式のことだという。となれば、この作品では「悪」の王国が継承されていくのだろうか。

たしかにこの作品にはいくつもの悪が描かれている。最初はタクシーにあった現金にまつわる犯罪だ。ある会社の経理課員である細川澄枝が、ボーナスのために銀行から引き出したばかりの二千万円を、うっかりタクシーに置き忘れてしまった。直後、そのタクシーに乗った三人の男が、その大金に気づく。金がなく、心の荒んでいた男たちはそれを山分けしようとしたが、邪悪な企みに気づいたタクシーの運転手にとがめられる。その運転手の絞殺死体が発見されて……。

殺人事件の捜査が進められていく一方で、細川澄枝が飯田橋駅のプラットホームから落ちて死んでしまう。折からの雨でホームは滑りやすくなっていた。足元を誤った?

ただ彼女は一千万円の普通傷害保険に加入していた。まさか自身の犯したミスに責任を感じて……。だが、保険会社の調査員は自殺とはみなさず、死亡保険金は全額が支払われた。そしてタクシー運転手殺害事件の犯人は闇のなかに消えてしまう。

それから二年、都下狛江市で怪しい交通事故が起こる。三台の車がかなり車間距離を詰めて走っていたところ、最先頭の車が急停止した。二台目は追突を逃れたが、三台目はブレーキが間に合わず前の車に追突してしまう。その二台目の運転手は重い鞭打ち損傷により意識障害となってしまったのだ。

先頭の車両はいつの間にか姿を消していた。この事故（？）の査定に損害保険会社の損害査定員としてかかわったのが千野順一である。損害事故が発生した場合、「正当な保険金」を支払っていいものかどうか、保険査定処理を行うスペシャリストだ。先頭車両がなぜ急停止したのか。

千野はこの事故で誰かが不当な利益を受けるのではないかと、調査を進めていく。そしてじつは千野は、かつて細川澄枝の転落事故の損害査定も担当していたのである。振り返るのは未解決のタクシー運転手殺害事件だ。堅実な調査をすすめていくその千野の目に、しだいに悪の連鎖が見えてくるのだった。

ミステリーの多くは犯罪の謎を扱っている。その謎を解き明かしていくのが探偵だ。ミステリーは一八四一年発表のエドガー・アラン・ポー「モルグ街の殺人」を嚆矢とするが、そこで密室状況の事件を解決したのはフランスの名門貴族の出であるオーギュスト・デュパンだった。そして十九世紀末、コナン・ドイルが生み出したシャーロック・ホームズが大人気となり、次々と名探偵が登場した。現代の日本ミステリー界でも、個性的な名探偵がたくさん活躍している。

一方、ミステリーの誕生には十九世紀、イギリスやフランスで近代的な警察組織が確立されたことも背景としてである。シャーロック・ホームズのような私的な探偵がその個性を発揮できた背景には、対比される公的な探偵の存在が不可欠だった。

森村作品の探偵といえば、その公的な探偵が主である。たとえば警視庁の棟居弘一良だ。『人間の証明』に初めて登場したときは麴町署の刑事で、その壮絶な過去が謎解きと相まって強烈なインパクトを読者にもたらした。やがて本庁捜査一課の那須班に所属し、数々の事件を解決しているが、その那須班は森村ミステリーの最初期から活躍していた。那須英三警部以下、山路、横渡、草場、下田といった敏腕刑事が悪を追っていたのだ。

一方、『駅』以下多くの作品に登場する新宿署の牛尾刑事も印象深い。その『駅』は牛尾自身の息子の失踪事件が関係していたが、ホームレスの多い新宿がメインの舞台となっているだけに、棟居以上に社会の底辺に生きている人に視線を向けている。また、森村ミステリーワールドという作品世界のなかで、那須班や牛尾刑事と絡みつつ、複数の事件の捜査に携わっている警察官もいた。

森村ミステリーの謎解きでは、神のごとき名探偵は登場せず、こうした実社会を鋭く見つめる警察官が悪を追及している。だが、私的な探偵役がいなかったわけではない。たとえば『夕映えの殺意』ほかの私設家出人捜索会社を経営する片山竜次や、『腐食花壇』ほかの作家・北村直樹らがいる。そして、『垂直の死海』に登場する千野はとりわけそのキャラクターが際立っていると言えるだろう。

まずは損害査定員という職業だ。ミステリーでは巨額の保険金が動機と関係してくる生命保険がお馴染みだろうが、実際の保険金詐欺は、殺人などという大きなリスクを伴うものは少なく、損害保険関係が多いのだという（山田高弘「わが国における保険金詐欺の実態と研究―偽装自動車盗難による保険金詐欺を中心に―」）。

今我々の生活にさまざまなかたちで関係してくる保険の習慣が定着したのは、古代ギリシャの海上貿易だった。嵐などによる遭難や海賊の強奪で失われた積み荷に対する保険である。十五世紀半ばからの大航海時代には、ひとたび航海で失敗すると、その被害は甚大なものとなった。保険が発展するのは当然で、さらに火災保険などその範囲は広がっていく。

そして現代の保険業については、作中でこう述べられている。〝保険の種類も、多種多様であり、また対象も免責規定で除外されている以外の一切の事故、例えば火災、盗難、破損、風水害、地震などあらゆる事故による損害に対して保険金を支払う、オールリスク担保の保険となっている〟のだ。地震国の日本だけに、大きな地震が起こるたびに地震保険による補償が話題となってきた。

　被害者は保険の範囲で最大限の補償を求めるだろう。一方保険会社は、ある基準に則(のっと)って正確に損害を査定しようとする。それは正当な交渉だが、なかには保険を悪用した案件もないわけではない。保険金の詐取である。もちろん犯罪だが、確固たる証拠がなければ警察も動けない。そこで登場するのが千野のような損害査定員なのだ。はたして不正はないか、さまざまな手段で査定していく。こうしたあまり目立たないけれど重要な職種への着目は、やはり森村作品ならではのものだろう。

　その千野が自動車の玉突き事故を発端に、損保に巣くう悪を暴いていく過程は、じつにスリリングである。こんな犯罪が世の中に潜んでいるのか！　驚きの念を抱くだろうが、森村氏は一九八三年十一月に角川書店より刊行された初刊本に寄せた「作者のことば」で、〝ごくありふれた日常生活の中に、数々の人生の陥穽(かんせい)が仕掛けられている〟と、日常の恐怖を喚起していた。保険の悪用はけっしてレアな事象ではないのである。

　そして千野自身も、保険に翻弄された人生であったことがしだいに明らかになっていく。その謎解きへのモチベーションは、棟居刑事に相通じるものがあるだろうか。そして本書から二年後の事件となる『垂直の死海』には、彼の青春時代のエピソードが語られている。急な病の際に得た恩が今も忘れられず、千野は見知らぬ人の難儀を見すごすことができないのだ。そしてこの『垂直の死海』に、本作で重要な役割を果たすことになる女性が再登場しているのも注目すべきポイントだ。

そしてもうひとつ、森村作品ならではの注目ポイントは、タクシー運転手殺害事件の解決の鍵となるシロアリである。被害者の車の後部座席に、一匹のシロアリの死骸があり、殺虫剤の成分が検出されていた。それが事件を貫く大きなキーワードとなっていくのだ。動植物を作品の小道具として扱うのは森村氏の趣味だが、それが単純に犯人を特定する証拠には止(とど)まっていない。ミステリーとして扱うからには、そこに氏ならではのさまざまな工夫があるのだ。

ミステリーのルーツには悪漢小説(ピカレスク・ロマン)がある。悪がなければ、善も存在しない。長い歴史のなかで確立されてきた社会的な常識や法律が善であり、それに反するものが悪と見なされてきた。その意味では明らかな悪は存在するだろうが、それが絶対的なものでないことも我々は知っている。

ゲームとして悪を描いた『死定席』や事業化した悪を描いた『殺人株式会社』、あるいは悪に染まる刑事を描いた『悪の条件　牛尾刑事・事件簿』などと、森村ミステリーではこれまでさまざまな形で現代の悪が描かれてきた。では、損害査定員である千野はどんな悪の戴冠式を暴いていくのか。今も現実社会に潜んでいる邪悪な企みに迫っていく、彼の執念の推理行に引き込まれていくことだろう。

（やままえ・ゆずる　推理小説研究家）

本書は、一九八三年十一月、カドカワ・ノベルズとして、一九九六年十一月、徳間文庫として刊行されました。

一九八六年六月、角川文庫刊行。

一九九四年十一月、ケイブンシャ文庫刊行。

二〇〇〇年十二月、日文文庫刊行。
※著者独自の世界観や作品が発表された時代性を重視し、地名、数字、固有名詞、職名、社会制度等は、執筆当時のままとしています。

集英社文庫

悪の戴冠式

2018年4月25日 第1刷　　定価はカバーに表示してあります。

著　者　森村誠一
発行者　村田登志江
発行所　株式会社　集英社
東京都千代田区一ツ橋2-5-10　〒101-8050
電話【編集部】03-3230-6095
【読者係】03-3230-6080
【販売部】03-3230-6393(書店専用)
印　刷　株式会社 廣済堂
製　本　株式会社 廣済堂

フォーマットデザイン　アリヤマデザインストア　　マークデザイン　居山浩二

ISBN978-4-08-745727-8 C0193